Marie Sizun

LA MAISON DE BRETAGNE

roman

W0392111

arléa
16, rue de l'Odéon, 75006 Paris
www.arlea.fr

Collection "1er mille"
– Dirigée par Catherine Guillebaud –

Juin 2021
EAN 9782363082428

Dans la vie il y a peu d'endroits, et parfois peut-être un unique endroit où il s'est passé quelque chose, et puis il y a tous les autres.

Alice Munro, *Trop de bonheur*

Dimanche

Ce qui m'a décidée, finalement, c'est le message de l'agent immobilier qui depuis la mort de maman, il y a six ans, s'occupe pour moi de louer la maison de Bretagne à des vacanciers. Il m'informait que des locataires s'étaient encore plaints de l'inconfort, qu'il y avait des réparations urgentes à faire, sinon des travaux de plus grande envergure, que ça ne pouvait plus attendre, même en baissant le loyer. « Vous comprenez, madame Werner, les gens qui viennent sur l'Île en vacances, vu la nouvelle cote de l'endroit, ils sont plus exigeants ! » Je comprenais. Je savais. J'étais bien consciente du problème. Mais tout ça m'ennuie. Il est hors de question pour moi de me mettre à rénover cette maison. Pour toutes les raisons, matérielles, mais aussi affectives. Surtout affectives... Oui, on peut employer ce terme, je crois. Il faut la vendre, cette baraque ! Elle en a trop vu. Sans plus attendre. Je l'ai dit à cet homme et lui ai annoncé que j'arrivais. Que je serais là le dimanche 5 octobre. Que je le verrais le 6. Et j'ai pris un rendez-vous chez le notaire pour le 7.

Qu'est-ce qui m'a soudain pris de vouloir en finir avec cette histoire, quelle brusque rage ? La colère plus que la tristesse accumulée depuis des années. Avec la tristesse, on sursoit ; avec la colère non. Moi qui avais si longtemps attendu, par négligence, par lâcheté, cette fois, tout à coup, il fallait que ce soit fait.

J'ai pris huit jours au bureau. Dans un premier temps ça suffirait. Je partirais dimanche. Et je serais de retour le dimanche suivant. « Tu n'auras pas beau temps, m'ont dit, le sourire en coin, mes collègues d'AXA assurances, la météo annonce qu'il pleut en Bretagne ! » Comme si j'allais faire du tourisme !

Tout de même, ça m'a fait drôle, ce dimanche après-midi, de reprendre l'autoroute à la porte d'Italie. Comme avant. À chaque début des vacances d'autrefois. De retrouver ce paysage de banlieue, les panneaux indicateurs, le moment où il ne faut pas se tromper de voie, la droite pour Chartres, la gauche pour le Mans. J'ai souri au rappel de mes errances coutumières. Ma maudite étourderie. Acte manqué, sans doute. Mais aujourd'hui j'étais de bonne humeur en mettant dans le coffre ma petite valise. Après tout je me souviens de certains départs presque heureux.

Il y avait longtemps que je n'avais pas pris la route. Quand il me faut aller loin, je préfère le train. La voiture, c'est pour Paris, en certaines circonstances – rares, je sors si peu ! –, et pour la banlieue quand le bureau m'y envoie. Mais, cette fois, avec tous les petits trajets à prévoir entre l'Île, Quimper et Pont-L'Abbé, pour rencontrer notaires et agents immobiliers, il me fallait ma voiture. Avec elle je me sentirais moins seule, moins nue. Pourtant, retourner là-bas, quelle perspective !

De toute façon, me disais-je, tout en conduisant à ma manière précautionneuse – ma mère se moquait assez de ma lenteur au volant –, je ne verrai personne. Et personne ne me verra : quel inconnu s'intéresserait à cette blonde fanée, d'un âge incertain ? Quarante ans ? Quarante-cinq ? Cinquante ? Célibataire endurcie ? Vieille fille ? Et qui, parmi les familiers, me reconnaîtrait, se rappellerait la jeune femme effacée qui venait pourtant sur l'Île été après été depuis si longtemps et qu'on avait connue enfant ? « Mais si, la fille de la maison des veuves ! Les veuves ? Tu sais bien, les femmes de la petite maison du boulevard de l'Océan ! Cette drôle de maison avant d'arriver à la Pointe ? » Oui, c'est peut-être cela qu'ils diraient, ceux de l'Île. Cette maison bizarre, pas comme les autres. Pas soignée. Pas belle. Différente des villas voisines. S'ils l'appelaient la maison des veuves, c'était sans méchanceté. Ça voulait seulement dire que, dans cette maison-là, il n'y avait pas d'homme. Ou plutôt qu'il n'y en avait plus. La seule veuve véritable, en fait, c'était ma grand-mère.

Boulevard de l'Océan ! Curieuse, cette dénomination de boulevard sur une si petite île, fût-ce une presqu'île ! La municipalité en est tellement fière, de cette belle rue qui longe la mer, dominant la plage dont elle est séparée par un muret, coupé de quatre petits escaliers pour descendre sur le sable. C'est la promenade locale : le dimanche, les habitants y déambulent, et, tout l'été, les touristes. Courte – à peine deux cents mètres –, mais assez large pour que les voitures s'y garent en épi, côté océan. De l'autre se dressent, serrées les unes contre les autres, les habitations : des villas pour la plupart, des maisons bourgeoises, et tout au bout, avant la Pointe, de plus modestes demeures, placées un peu en retrait, comme des dents irrégulières. La nôtre en fait partie.

Sur la route, ce dimanche d'octobre, il n'y avait personne. J'arriverais en fin d'après-midi. J'avais bien fait de partir tôt.

Il s'est mis à pleuvoir et je ne pouvais m'empêcher d'évoquer des voyages plus gais, sous le soleil de juillet, avec maman et ma sœur. On était toujours heureuses de partir, même si arrivées là-bas, à la maison, au bout d'un jour ou deux, l'euphorie décroissait, les rancœurs renaissaient. La mélancolie, la tristesse reprenaient leurs droits.

Oui, je me souvenais de ces départs en vacances d'autrefois, avec ma mère et Armelle ; et bien plus lointainement, quand mon père était encore là, de voyages à quatre, lui, ma mère, les deux filles. J'étais alors une enfant. Mais comme je me les rappelle, ces voyages-là. Ce bonheur-là. Celui d'être la préférée. La reine en somme. Avec moi, mon père se montrait toujours très gai, alors qu'il ignorait sa femme, qui, le visage tourné vers la vitre, semblait ne pas s'en apercevoir. J'étais assise derrière, juste dans le dos de mon père, souvent un bras passé autour de son cou. J'aimais lui parler à l'oreille, jouer avec ses courts cheveux blonds toujours en désordre. Nous rions ensemble, lui et moi, sans nous soucier des autres. J'étais trop jeune pour sentir l'étrangeté de la situation. Quand il est parti, j'avais dix ans. Ma petite sœur, elle, n'en avait que cinq. Un bébé, en somme ; pour lui une quantité négligeable. Il avait, je crois, quand elle est née, à peine remarqué son existence.

Ce qu'il était drôle, mon père ! Sur la route des vacances, mais aussi à la maison, rue Lecourbe, quand il venait faire un saut à l'appartement depuis l'atelier de la rue de Vaugirard. On ne savait jamais à quelle heure il serait là, interrompant la toile en cours pour venir attraper un déjeuner ou un dîner avec ou sans nous. J'espérais toujours le trouver en rentrant de l'école. Quand ça arrivait – mais c'était rare –, quel bonheur ! Je repérais tout de suite son sac dans l'entrée : « Ah Papa ! Où tu es ?, je criais à l'aveugle avant même de l'avoir vu, tu restes, au moins ? » Cette angoisse, toujours, qu'il s'en aille. Il accourait, me prenait dans ses bras, parlant de tout, de rien, de gens qu'il avait rencontrés, d'artistes dont l'atelier était voisin du sien, et il les imitait, mimant leur attitude, reproduisant leur langage. Je riais. Et comme il riait avec moi ! Mais, de son travail, il ne disait rien. Avec les petits enfants, on ne parle pas de ces choses. Je savais juste qu'il était peintre. Que c'était un artiste. Le soir il rentrait tard ; quelquefois pas du tout. Pourtant, quand il était là, il n'oubliait jamais de venir m'embrasser, même si je dormais. Je pouvais avoir sept ans la première fois qu'il m'a emmenée à son atelier. Il m'a montré ses tableaux. J'ai trouvé ça tellement beau que, dans l'enthousiasme, je lui ai déclaré que, moi aussi, plus tard, je ferais de la peinture ! « Vraiment ? », a-t-il fait en riant. Mais pour moi c'était sérieux. Moment de rêve. Inoubliable.

Trois ans plus tard, il partait. Une exposition à Buenos Aires, une proposition inespérée, disait-il. Il devait rester là-bas une année. On ne l'a jamais revu. Jamais eu de nouvelles. Si, une fois, au début : il a envoyé de l'argent. Sans un mot pour accompagner le mandat. Puis rien pendant presque six ans, jusqu'à l'annonce officielle de sa mort accidentelle, sur une route perdue, là-bas, en Argentine. Il n'avait pas trente-cinq ans.

L'atelier de la rue de Vaugirard a été liquidé. À la maison, dès le départ de son mari, maman avait fait disparaître tout ce qu'il pouvait rester du souvenir de l'homme et du peintre. Mais, moi, je ne l'oubliais pas. Impossible de l'oublier. Bien plus tard, quand il s'est agi pour moi de faire des études, j'ai parlé de peinture. Ma mère, éludant, m'a conseillé le droit. « Pour que tu saches te défendre, disait-elle. Et puis ça te donnera un métier. Un vrai. » Tout maman, ces mots-là.

Quatre heures déjà! Je n'avais pas déjeuné. J'avais un peu faim. Un instant, j'ai pensé m'arrêter dans un de ces snacks où, depuis le départ de papa, ma mère, ma sœur et moi faisions toujours une pause sur la route des vacances. C'était le seul genre de restaurant que maman supportait. Nous y étions invisibles. Mon père, lui, avait toujours refusé d'y mettre les pieds. C'est peut-être pour ça aussi que, plus tard, maman s'y sentait bien. « Alors, les filles, disait-elle, on s'arrête ? » J'entends encore sa voix. Cette voix brève et faussement gaie qu'elle prenait avec nous. Un peu comme une cheftaine. C'était elle qui, depuis l'abandon de son mari, avait le pouvoir. Elle qui était le père et la mère.

Mais non, je ne me suis arrêtée à aucun restoroute. On arrivait déjà au Mans, puis très vite ce serait Laval. J'avais hâte d'arriver. Je me suis souvenue de la phrase rituelle de mon père : « Laval, porte de la Bretagne ! », s'exclamait-il, faussement solennel. Heureux, car il aimait la Bretagne, comme ma grand-mère Berthe (la mère de ma mère), chez qui nous allions. Maman, pour tout commentaire, haussait les épaules, étrangère à ce pays où elle ne retournait que pour voir sa mère. C'est dans sa maison que nous passions tous les étés. Nous l'appelions *la maison de Bretagne.* C'est elle, aujourd'hui, que je veux vendre, dont je veux me débarrasser. Avec les souvenirs qui lui sont attachés.

Après Laval, c'est vrai, on entre en Bretagne, je l'ai encore constaté : tout à coup le ciel gris s'est ouvert dans un envol de nuages, les cheminées blanches ont commencé d'apparaître, et dans les champs, çà et là, les bouquets d'arbres griffus. Des forêts surgissaient, ombreuses. Comme il ne pleuvait plus, j'ai baissé la vitre et une odeur de bois brûlé et de lointains m'est arrivée avec le vent. Déjà on espérait l'océan.

Finalement le voyage m'a semblé court, et je n'étais pas loin de retrouver l'impatience heureuse des étés d'autrefois, quand, après Lorient, et plus encore dans la portion de route qui va de Quimper à l'Île, l'âpre et tendre senteur de la mer brusquement survient.

Je retrouvais mes marques, la dernière ligne droite qui conduit au village, le village lui-même et ses maisons familières de part et d'autre de la rue principale, avec, sur la droite, au débouché de chaque venelle, la vision fugitive et fraîche de la Rivière – cette idée de la mer–, et, tout au bout, avant d'arriver au port, sur la gauche, le brusque virage qui, soudain, ménage l'apparition, attendue, éblouissante, de la mer, la vraie, l'océan. Elle était presque jaune, la mer, en cette fin d'après-midi, sous un ciel d'un blanc neigeux, et c'était beau. L'air sentait le sel et le varech : j'étais arrivée.

Mais soudain, à la satisfaction, la joie oubliée – inespérée – d'être là, s'est mêlée, brutale, une incontrôlable angoisse : le rappel de ce que je venais faire ici et de ce qui m'attendait.

J'ai garé la voiture dans le petit parking qui longe la mer. Le frein à main a fait un bruit sec quand je l'ai tiré, comme si vraiment quelque chose se terminait, et je suis sortie de l'auto. La maison était devant moi. Compacte. Hostile. Semblable à elle-même. Ah ! Je l'ai bien reconnue !

J'ai tout de suite remarqué qu'un des volets des fenêtres du rez-de-chaussée était ouvert et battait au vent : négligence du dernier locataire, celui d'août, ou faute de l'agent immobilier qui aurait dû vérifier que tout était en ordre après son départ ? D'autant qu'il savait que j'allais arriver. Il n'était sans doute pas même passé : sinon il aurait remarqué ce volet ouvert.

Il n'y avait personne dans la rue. Il était presque dix-neuf heures, on était dimanche, un dimanche automnal plutôt frais. Le soir tombait. Personne à cette heure tardive ne tentait plus la promenade du boulevard de l'Océan. Du côté de la Pointe, une brume montait de la mer. À l'autre extrémité du boulevard, la belle maison qu'on appelle ici le Manoir, commençait à s'ombrer de mauve. Rien ne bougeait nulle part et on n'entendait rien dans le silence que le murmure secret d'un soir d'octobre.

J'ai ouvert la porte avec ma vieille clé – celle qui reste accrochée depuis si longtemps, pour rien, dans le couloir de l'appartement de Paris. Elle n'a plus de couleur. On ne sait pas de quand elle date ; sans doute de l'achat de la maison par mes grands-parents, alors tout jeunes, dans les années 1950. Ç'avait été leur clé. C'était devenu la nôtre. Celle que nous utilisions chaque fois que nous venions, le temps des congés scolaires – la Toussaint, février, Pâques –, autrefois, l'été, mais parfois aussi lors des « petites vacances », quand nous étions enfants ma sœur et moi. Maman était professeur, alors nous suivions le rythme scolaire, et de parisiens nous devenions bretons, ou plutôt îliens. Des vacanciers en somme. Ma grand-mère, elle, à sa retraite, avait choisi de s'installer définitivement sur l'Île : elle s'est voulue « du pays ».

Pour ma mère, au contraire, quand elle a cessé de travailler, il était hors de question qu'elle quitte Paris, mais elle a continué à venir passer les vacances auprès de sa mère, qu'elle adorait, jusqu'à la mort de celle-ci. Et même assez longtemps après, par on ne sait quelle folie d'habitude, alors qu'elle disait détester l'Île, les gens qui l'habitent, et cette maison. Jusqu'à sa propre mort, il y a un peu plus de six ans.

C'est seulement alors que j'ai moi-même, dans un sursaut de raison, cessé de venir et que j'ai mis la maison en location pour l'été. Armelle avait pris, elle, ses distances depuis plus longtemps. Avec la maison. Et avec nous.

Les clés, l'agent immobilier en a fait refaire de neuves, rutilantes, pour les locataires, et même une pour moi, au cas où je perdrais la mienne. Il avait d'ailleurs proposé de venir, aujourd'hui, m'accueillir, m'ouvrir la porte ! Ce qui m'avait agacée : c'était à moi d'ouvrir la porte de ma maison. Je dis ma maison, puisque j'en suis seule propriétaire – ma sœur ayant refusé sa part d'héritage –, mais elle n'a jamais été mienne et je viens ici précisément pour m'en défaire.

Le petit grincement des gonds, je l'avais oublié mais il m'est tout de suite revenu en mémoire quand je suis entrée, comme le parfum d'ancienneté qui m'a aussitôt assaillie, cette odeur de salpêtre, de moisi et de sel qui est la marque des vieilles maisons d'ici. À croire que le passage des locataires qui ont séjourné chez nous, chaque été depuis six ans, n'a laissé aucune trace. L'odeur que je retrouve, c'est celle du pays, celle de mon enfance, inchangée.

La pièce n'était éclairée que par le demi-jour ménagé par la partie de volet laissée ouverte. Et c'était une atone lumière de fin d'après-midi, voilée, déjà hivernale. On distinguait mal ce qu'il y avait au fond de la salle, du côté de la fenêtre aux volets fermés. Il y avait là des meubles aux contours imprécis qui m'étaient presque devenus étrangers. Cette grande ombre, à gauche, ce devait être l'armoire de ma grand-mère, celle où on rangeait les draps. Et puis, au milieu, cette longue table rectangulaire, je la connaissais, c'était celle des repas en famille. Quand il y avait famille. Quand elle n'était pas encore réduite au trio de la mère et des filles. Comme c'était étrange de revoir tout cela. Un moment, j'ai presque pris plaisir à essayer, dans la pénombre, de deviner, de reconstruire ce qui avait été pour nous le décor quotidien de l'été. Brusquement supprimé, anéanti, oublié avec les années d'absence. Toutes ces années sans Bretagne. Jamais plus la Bretagne, j'avais dit. Jamais plus cette maison!

J'ai largement ouvert l'autre fenêtre, poussé le volet resté fermé contre le mur, et la lumière du soir est brusquement entrée, avec la fulgurance d'un jour blanc, cette lumière glauque et pourtant aveuglante que je connais si bien. Je sais comment la rendre sur une toile, comment glisser dans le mélange de blanc de titane et pointe de noir qui fait le gris singulier de certains ciels bretons cette touche infinitésimale de jaune. Car je continue à peindre, malgré toi, ma mère, même si ce n'est pas mon métier.

Un faible rayon de soleil a couru sur le sol, ces grands carreaux de faïence noirs et blancs que maman avait voulus en remplacement du linoléum gris du temps de ma grand-mère, succédant lui-même au plancher dévasté d'humidité qu'il avait fallu arracher. Et en dessous qu'y avait-il eu autrefois ? La terre battue peut-être, comme dans les premières maisons de pêcheurs. Il n'y en a plus beaucoup comme celles-là, boulevard de l'Océan ! Elle fait tache, notre maison, à côté des villas qui se succèdent d'un bout à l'autre de la promenade, de la Pointe jusqu'au Manoir.

Dans la maison de nouveau habitée, il y avait le jour hésitant des soirs d'autrefois. Je n'avais pas besoin d'allumer. Les souvenirs commençaient d'arriver.

Plutôt que d'aller dormir dans l'une des trois chambres du premier – celles des filles, ou la grande chambre de ma mère, encore trop vivantes pour moi, trop pleines d'images et du souvenir des voix –, j'ai décidé de m'installer dans une petite pièce du bas, adjacente à la salle, autrefois sans doute dévolue comme chambre à une servante, puis investie par ma grand-mère après le mariage de sa fille, et cela définitivement, même après le départ de son gendre. La vieille dame assurait modestement qu'avec ses mauvaises jambes le rez-de-chaussée lui convenait mieux.

Non, je n'avais pas envie d'habiter le premier étage, de retrouver ma chambre d'enfant, de jeune fille, puis de quasi vieille fille, ni celle d'Armelle, surtout pas celle d'Armelle. Ni même d'ouvrir la porte de la chambre de ma mère, autrefois chambre conjugale. Ce lieu inquiétant, théâtre des scènes de mes parents, et, plus tard, du désespoir de l'abandonnée. Non, de tout cela je ne voulais plus.

Au rez-de-chaussée, la petite chambre de ma grand-mère, à demi débarras depuis sa mort, c'était tout ce qu'il me fallait. Je ne venais pas en villégiature : plus vite je serais repartie, mieux ça vaudrait.

Jamais, autrefois, je n'avais dormi là. C'est peut-être pour ça qu'aujourd'hui j'y élisais domicile, un peu comme on va à l'hôtel. La fenêtre aux volets fermés laissait filtrer entre ses lamelles une lumière plus qu'incertaine. Pourtant, d'un coup d'œil, j'ai retrouvé l'ensemble familier : au fond, un lit étroit, presque un lit d'enfant, deux chaises, une étroite armoire en sapin, une petite table sous la fenêtre, c'était tout le mobilier. De ma grand-mère ne demeurait aucune trace : à sa mort, maman avait donné presque tous ses effets personnels. Les quelques objets restés là, c'est moi qui, au moment de la mise en location de la maison, sachant que je ne reviendrais pas, avais demandé par téléphone à l'agent immobilier de les déposer dans la grosse armoire de la salle du bas. Si bien que la petite chambre était vraiment aussi anonyme qu'une chambre d'hôtel.

J'ai déposé ma valise sur le plancher. La pièce était maintenant à demi obscure et j'ai pensé que ce soir, pour me coucher, en rentrant du port où j'irais manger quelque chose, j'aurais besoin de lumière. Le courant avait été coupé. Mais où était donc le compteur électrique ? Dans le couloir, bien sûr, sur la gauche en sortant de la chambre ! Avec le temps, j'avais presque oublié. C'est la dernière pensée logique qui me soit venue.

Je gagnais la porte, quand, je ne sais pourquoi, je me suis retournée. Quelque chose avait attiré mon attention. Quelque chose d'anormal, là-bas, dans l'ombre, sur le lit. Une forme. Je me suis un peu avancée. À demi dissimulé sous une couverture, il y avait quelqu'un.

Mon cœur a bondi.

Oui, il y avait quelqu'un. Quelqu'un d'allongé, immobile. Quelqu'un de grand, de jeune, dont on ne voyait, dépassant de la couverture, que les cheveux très blonds, en courtes mèches désordonnées.

Sursaut, frisson de tout mon être.

Folie.

Aucune pensée. Rien. Mais, fulgurante, la certitude que mon père était revenu. Que cet homme étendu là, c'était lui, rentré à la maison après tout ce temps. Combien de fois, enfant, je l'avais fait ce rêve, que mon merveilleux père était de retour ? Joie folle, et puis je me réveillais, en sueur, comprenant que j'avais rêvé.

Et là, un instant, ce bonheur insensé : c'était le vieux rêve que je revivais, intact. Éphémère fantasme – pour rien, ces cheveux blonds en désordre, cette haute taille – vite écarté par la raison : ce père jamais retrouvé, il était mort depuis plus de trente ans, je le savais bien, j'avais de mes yeux lu son acte de décès. Mais si absurde qu'elle fût, l'espace d'une seconde, venue du plus secret de moi-même, l'émotion m'avait envahie.

Bouleversée, je me suis approchée du lit. Même à l'insuffisante lumière je pouvais voir maintenant que le jeune homme étendu là, apparemment endormi, m'était inconnu. Et qu'il était mort. Car j'ai avancé une main, touché un bras, froid et raide. Les traits du visage aux yeux heureusement fermés étaient figés. J'ai été prise alors d'une espèce de tremblement nerveux.

Je ne sais ce qui l'emportait en moi de l'effroi ou du dégoût. Oui, plus encore que la surprise qui me laissait le cœur battant, ce que j'éprouvais, c'était une réaction instinctive, animale, de répulsion devant un cadavre. Mais troublée, agitée par la tendresse persistante de mon erreur initiale : car le véritable choc, c'était cette folie d'avoir cru un instant que mon père était revenu.

Que faire ? Qui appeler ? Ici je n'avais jamais connu grand monde, mais il était certain qu'à présent je ne connaissais plus personne. Les maisons voisines, quand j'étais descendue de voiture, m'avaient paru fermées. Aller sur le port demander de l'aide ? Je m'en sentais incapable. Je ne savais que rester là, dans ce frisson nerveux, assise sur la chaise qui se trouvait à côté du lit, hébétée. Et que cela se passe dans cette maison, pour moi liée à tant de choses, ajoutait obscurément à mon trouble : c'était comme si tout le passé se rassemblait d'étonnante façon. Comme si l'événement de ce soir en était l'accomplissement.

J'essayais de penser dans un sursaut de raison à ce qu'il faudrait faire, ne pas faire : ne toucher à rien, appeler la police. Le souvenir des films policiers que j'avais pu voir à la télévision – que de soirées solitaires à Paris devant le petit écran – me donnait ces injonctions sans que mon esprit conscient réagisse, tant j'étais abasourdie. Et le plus extraordinaire, c'était que, malgré moi, le souvenir si bizarrement ressurgi de mon père persistait, douloureux et tendre. Absurde, incompréhensible, mais certain.

De toute façon, me répétais-je stupidement, je ne peux rien faire, car il n'y a pas de police sur l'Île, surtout un dimanche ! C'est à cette idée absurde que je m'étais arrêtée, comme imbécile, presque satisfaite de ne pas avoir à bouger, quand je me suis rappelé que j'avais un téléphone portable dans ma poche.

J'ai formé dans l'émotion le numéro que je savais de façon plus ou moins consciente être celui de la police, le 17, grâce à mon expérience des séries policières. J'ai raconté d'une voix incertaine ce qui m'arrivait. On m'a branchée sur la gendarmerie la plus proche : celle de Pont-l'Abbé. J'ai de nouveau produit un récit dont j'entendais moi-même la faiblesse, l'incohérence. Une voix bourrue m'a ordonné de « ne pas quitter ». J'ai attendu, toujours assise à côté du mort. Je tremblais maintenant de tout le corps.

Peu à peu ce qui avait trait à ma vie personnelle – ou plutôt mon absence de vie personnelle à Paris –, à mes soucis ou mes chagrins d'ordres divers, avait curieusement disparu, balayé par l'urgence de la situation, la présence étrange de cet inconnu mort, là, près de moi. Je n'existais plus, ni même la maison où je me trouvais. Je n'étais pas vraiment là. J'étais comme absente, un téléphone à la main, à côté d'un cadavre.

Au bout d'un moment qui m'a paru long, quelqu'un s'est présenté au bout du fil. On m'a fermement recommandé, comme au cinéma, de ne toucher à rien, que les gendarmes allaient arriver. On m'a fait préciser l'endroit où je me trouvais, donner l'adresse exacte, décliner mon identité. On serait là d'ici vingt minutes. J'ai remercié, éperdue de reconnaissance. On allait s'occuper de moi. J'avais huit ans.

C'était la première fois que j'étais confrontée à ce que je pouvais supposer être un crime. Et même que je me trouvais en présence d'un mort qui ne fût pas un être familier, aimé ; ma mère ou ma grand-mère, devant le corps desquelles si j'avais ressenti à travers mon chagrin, une certaine peur devant l'inconnu, l'affection interdisait la répulsion à leur égard.

À la lumière de mon portable, j'ai osé regarder le mort. Il pouvait avoir vingt-cinq ans. Peut-être moins. Ni beau ni laid. Banal. Les cheveux blonds, mi-longs dans la nuque, courts sur le front. Comme il était jeune ! Comme il était pâle ! On ne voyait pas de quoi il avait pu mourir, il n'y avait pas de sang, ni de marques de violence sur son visage. Il était vêtu d'un léger blouson beige, banal, peu coûteux, non plus que ses chaussures, des baskets blanches, usées. Un jean noir, un tee-shirt noir. Son élégance, c'était ses cheveux blonds, leur désordre.

Qui était-ce ? Que faisait-il là ? Comment était-il entré dans la maison ? Et quand était-il mort ? C'était un mort innocent, propre, sans odeur. Quand était-ce arrivé ? Hier ? Aujourd'hui ?

Et comment ? S'agissait-il d'un crime ? D'un suicide ? D'un accident ?

Impossible de maîtriser le tremblement nerveux qui m'agitait. Quelle histoire idiote, me répétais-je, rendue comme idiote moi-même. J'aurais pu aller attendre les gendarmes dans la grande pièce, mais l'idée de bouger m'était étrangère. J'étais là, paralysée, en proie à une espèce de fascination devant ce qui m'arrivait.

Quand, sans doute peu après, mais je n'en suis pas sûre tant j'étais déconnectée du réel, les gendarmes sont arrivés devant la maison dans un concert de sirènes – et l'éblouissement de gyrophares bleus, qui ont brusquement zébré la petite chambre, à travers les lattes des volets –, j'ai eu l'impression de revenir à la réalité.

Je me suis levée pour ouvrir la porte. En passant, j'ai tâtonné dans le couloir pour trouver le compteur et donner de la lumière. La police aurait trouvé bizarre que je sois restée dans l'obscurité. J'ai pensé dans un sursaut que je réagissais déjà en coupable. Après tout, qu'est-ce qui prouvait que je ne l'avais pas tué, cet homme ?

À ma montre, j'ai vu qu'il était déjà presque vingt-et-une heures.

Ce qu'on m'a demandé – il y avait là deux hommes de la gendarmerie en pull et pantalon bleu, plutôt gentils – je ne m'en souviens pas exactement. J'ai raconté de façon un peu mécanique comment les choses s'étaient passées pour moi : mon arrivée, la découverte du corps. On m'a fait préciser mon identité, où je vivais, ce que je faisais là.

Oui, ce que je faisais là, je n'en étais moi-même plus tellement sûre. Cette maison, qu'est-ce que je venais y faire ?

« Vous êtes la propriétaire ? » La question m'a surprise.

J'ai dû parler de maison familiale. La famille ? Quelle famille ? Est-ce que j'avais une famille ? Ma grand-mère, ai-je dit, comme dans un rêve. Mais Berthe était morte. Un instant, j'ai pensé à elle, à Étienne, son mari, que je n'avais pas connu, mais dont elle parlait tant. C'étaient eux, mes grands-parents, qui avaient acheté cette maison, au sortir de la guerre, une maison de quatre sous, avec leurs économies d'instituteurs. Mais ça, je ne l'ai pas raconté aux gendarmes. Ils ont juste écrit *bien familial.* Mais oui, j'en étais propriétaire.

Un des gendarmes prenait note de ce que je disais. Pendant ce temps l'autre s'affairait autour du corps. Je l'observais distraitement tandis que j'essayais de répondre à son collègue. Il doit s'assurer qu'il est bien mort, pensai-je, dans un soudain sentiment d'effroi. Et si je m'étais trompée ? Et si le malheureux était encore vivant quand je l'avais découvert ? Rien, aucun sentiment de pitié, de commisération ne m'avait touchée. Que le dégoût. Au fond j'étais aussi coupable que celui qui l'avait tué. L'idée m'a frappée à nouveau qu'on pouvait m'accuser du meurtre de celui dont je prétendais avoir découvert le cadavre. Est-ce que je devenais folle ?

Je devais rêver, car je ne m'étais pas aperçue de l'arrivée de deux hommes en civil. Peut-être avait-on laissé la porte ouverte ? Je n'avais pas entendu sonner. Bien sûr je n'étais plus tout à fait chez moi. C'est normal, me dis-je, il y a eu un crime et je suis peut-être suspecte. Je suis même certainement suspecte ! Ces gens sont dans leur droit.

Un des deux hommes arrivés s'est présenté : « Inspecteur François Brun, de Quimper. Je suis chargé de l'enquête. Vous voudrez bien me suivre tout à l'heure au commissariat pour votre déposition. » J'ai failli m'exclamer : « Maintenant ? », ce qui pour moi signifiait « À cette heure tardive ? », tant je trouvais la situation extravagante. De toute façon je commençais à comprendre que le temps n'avait pas plus de sens désormais que le reste.

L'inspecteur Brun était un vieux jeune homme osseux, sans âge, grisonnant, vêtu d'une veste en daim et d'un jean, l'air fatigué ou plutôt ennuyé, comme les flics qu'on voit au cinéma. D'ailleurs, est-ce que je ne me trouvais pas dans une série policière ? Mais c'était moi dont je trouvais le rôle mal défini : témoin ou suspecte, ce n'était pas clair. Le nouveau venu m'a posé à peu près les mêmes questions que le gendarme, d'une voix indifférente, et comme déjà lasse.

Pendant ce temps l'homme arrivé avec lui prenait des photos du mort, de la pièce, de la fenêtre. Je me suis assise. J'étais brusquement si fatiguée moi aussi. Qu'est-ce que je faisais dans cette maison où je n'aurais jamais dû revenir ?

Puis l'inspecteur m'a répété qu'il allait me conduire à Quimper. Pendant ce temps, ici, on viendrait relever les empreintes. Enlever le corps. Poser les scellés. « Les scellés, où ça ? », ai-je demandé : je voyais déjà la maison investie, barricadée ; où irais-je dormir ? On m'assura que seule la porte de la petite chambre serait condamnée. Pas celle de la maison. On me ramènerait probablement après ma déposition. Que je ne m'inquiète pas, c'était la procédure. « Habillez-vous, il fait froid », a ajouté l'inspecteur, presque aimable. Et comme je voulais prendre ma clé, il m'a dit que ce n'était pas la peine, on m'ouvrirait. Ainsi la police serait encore là à mon retour ? Non, décidément, je n'étais plus chez moi.

En quittant la pièce, j'ai vu que les gendarmes s'employaient à enfermer le mort dans un long sac plastique noir, dont ils ont fait glisser la fermeture éclair. J'étais contente de ne plus le voir ; pourtant l'avais-je assez regardé ? Est-ce que j'étais vraiment sûre de ne l'avoir jamais vu ? Et si tel détail m'avait échappé, qui plus tard me serait revenu, aurait réveillé ma mémoire ? J'ai salué machinalement les gendarmes, j'ai même dû, je ne sais pourquoi, les remercier. Ils ne m'ont pas répondu ; ils étaient occupés. Décidément je ne faisais pas le poids.

J'ai suivi l'inspecteur dans sa voiture. « J'aurais pu prendre la mienne », j'ai dit. Mais non, nous vous ramènerons. C'est vrai, il me l'avait déjà dit, c'était *la procédure*, même si je trouvais inquiétant de perdre mon autonomie. Pourtant j'étais si fatiguée que, d'une certaine façon, c'était un soulagement de me laisser conduire. De n'avoir plus aucune responsabilité, pas même celle de tenir un volant. De ne devoir que répondre aux questions qu'on voudrait me poser. Comme si j'étais redevenue une enfant. Pas un instant, alors, je n'ai pensé que ce pouvait être dangereux, que fatiguée comme je l'étais, je risquais de dire quelque chose qui se retournerait contre moi. Que j'étais une accusée potentielle. Mais ce n'était pas grave, j'avais une curieuse envie de parler. Envie de raconter mon histoire. Envie qu'enfin on m'écoute. Ça n'avait aucun lien avec l'affaire. C'était personnel.

Au commissariat où je suis arrivée avec le policier seule la petite enseigne lumineuse bleue au-dessus de la porte (toujours le feuilleton, ai-je pensé) brillait dans la nuit. Mais à l'intérieur tout était brillamment éclairé : les bureaux, l'escalier, les couloirs. Il montait de partout une vague rumeur. Est-ce que ces gens travaillaient toute la nuit ? On m'a fait entrer dans une petite pièce aux murs nus. « Asseyez-vous », a dit l'inspecteur Brun en me désignant une chaise devant un bureau derrière lequel il s'est installé, avec fatigue, m'a-t-il semblé. Peut-être était-il malade ? À côté de lui, une femme à lunettes pianotait sur un ordinateur.

Il m'a proposé un café, un sandwich ? Le café, je l'ai accepté avec reconnaissance ; mais la seule idée du sandwich, même si je n'avais rien mangé de la journée, me soulevait le cœur.

Les questions qu'il m'a posées tandis que je tâchais de boire le café brûlant, étaient à peu près les mêmes que celles auxquelles j'avais répondu, par deux fois dans la soirée, sur l'Île ; mais, sur certaines, il insistait – nom, profession, état civil. Je m'écoutais parler comme j'aurais entendu raconter une histoire, mon histoire : moi, Claire Werner, née en 1969, donc âgée de quarante-huit ans. Là, j'ai hésité, car depuis un certain temps, je ne fais plus très attention au décompte des années. Française, née à Paris. Célibataire ? Oui, célibataire. Là aussi, j'ai hésité. Pourquoi cette hésitation ? Amour propre, peut-être, parce que je ne voulais pas passer pour une vieille fille ? Ni même une laissée pour compte. J'ai vécu cinq ans avec un homme, un collègue, que j'ai quitté sans raison véritable. Mais on n'avait pas besoin, ici, de savoir ça, et je n'ai rien dit. Profession ? Employée dans une agence d'assurance, AXA. Boulevard Haussmann. Depuis vingt-cinq ans. Mais je ne leur dirai pas que ce travail, pour moi, ne compte pas ; que c'est une farce qu'on m'a faite ; dans ma vraie vie je fais de la peinture, quand je peux, quand je ne suis pas trop abrutie par AXA assurances. Qu'il m'est arrivé d'exposer. Que la peinture c'est tout ce que j'aime. Silence là-dessus.

– Dites-moi, ce nom de Werner, m'a tout à coup demandé l'inspecteur, votre nom, c'est bien celui de votre père, Albert Werner ? Alsacien ? Allemand ?

– Oui, alsacien, donc français, si c'est votre question.

Je n'ai pas précisé que ses grands-parents étaient allemands à cause de la guerre, celle de 1870, et que j'aurais bien aimé qu'il le fût lui-même, allemand, avec ses cheveux blonds et sa haute taille : est-ce qu'il n'en avait pas l'air ? Oui, adolescente, quand je pensais à mon père disparu, dans une vague idée romantique, je le rêvais allemand. Je lisais Goethe en français. J'aurais voulu faire de l'allemand au lycée mais ma mère s'y était opposée. Évidemment, tout cela je l'ai gardé pour moi.

– Profession du père ?

– Artiste peintre. Il ne gagnait rien. C'est ma mère, enseignante, qui nous faisait vivre...

Pourquoi leur avoir dit ça ? On ne me demandait rien. J'avais besoin de le préciser, je ne sais pourquoi. Mais je n'ai pas évoqué le curieux départ de mon père. Ça non.

– Vos parents sont encore vivants ?

– Non. Ils sont morts. Tous les deux.

Là aussi j'aurais pu ne répondre que par non. Me dispenser de ce soulignement.

– Vous avez des frères et sœurs ?
– Une sœur.

Oui, j'avais une sœur. Une. Mais cette fois je n'ai rien dit de plus. Rien. Et je me suis mordu les lèvres, dans une soudaine bouffée d'émotion.

L'assistante notait tout, y compris mes silences quand j'hésitais ou que je m'absentais en pensée. J'aimais bien le petit bruit si doux des touches de son clavier. J'aimais aussi la voix nette de l'inspecteur, ses questions incisives, surtout quand, ensuite, il a commencé à minuter mon emploi du temps de la journée : ce que j'avais fait le matin, à quelle heure précise j'avais quitté Paris ; si je m'étais arrêtée en route ; quand, exactement, j'étais arrivée à la maison de l'Île ; et ce que j'avais fait là, instant après instant, avant la découverte du corps. Le café me faisait du bien comme la précision des questions. Ça m'aidait, j'avais l'impression de mieux me repérer dans l'espèce de brouillard personnel où je me trouvais. De me reconnaître. Pour un peu, comme aux gendarmes tout à l'heure, je lui aurais dit merci. Il m'a demandé à nouveau si, à mon arrivée, quelqu'un m'avait vue. Mais non, je me suis rappelé le vide du boulevard de l'Océan, et tout de suite avec l'apparition de la maison l'angoisse qui m'avait saisie. « Et à votre arrivée sur l'Île, quand vous aviez traversé le village, vous n'aviez rencontré ni vu personne sur cette longue rue, la rue Principale ? » Non. J'étais pressée d'arriver. Je n'ai pas fait attention. Il m'a semblé qu'il n'y avait personne. Je ne connais pas beaucoup de monde, ai-je dit. Je n'allais pas lui raconter, à cet homme, que ce qui m'intéressait, sur l'Île, c'était de retrouver en arrivant des odeurs et des couleurs aimées. Pas des personnes. Aucune personne. Les personnes, j'en ai plutôt peur. Mais ça, naturellement, je n'en ai rien dit. Il y a eu un léger silence.

– Bon, a repris sobrement l'inspecteur Brun. Venons-en au fait. Vous confirmez que vous ne connaissiez pas la victime ?

– Non, je n'avais jamais vu cet homme avant ce soir, ai-je déclaré avec fermeté. Mais je n'ai pu m'interdire de penser au trouble qui m'avait un instant abusée, avant de découvrir le visage du mort inconnu, et cela a peut-être retardé ma réponse d'une seconde ou deux.

Le policier n'a pas réagi. Il a seulement eu l'air méditatif. Il m'a fait répéter l'heure à laquelle j'étais arrivée, et le détail de ce que j'avais fait en entrant dans la maison, jusqu'au moment où j'avais découvert le corps.

– Et vous n'avez senti aucune odeur dans la chambre en entrant ?

– Non, aucune.

C'était vrai. L'odeur de la mort pourtant, je la connaissais. Brusquement je me suis souvenue de celle de la chambre mortuaire de maman, à Paris. Et, longtemps avant, de celle de grand-mère, dans la maison de l'Île, justement dans cette petite chambre. Mais je n'allais pas penser à tout ça, ce n'était pas le moment.

« Vous permettez que je fume ? »

La question survenue soudain m'a désorientée, mais déjà l'homme tirait de sa poche une petite boîte, en extrayait un cigarillo qu'il s'est mis à allumer avec une sorte de tendresse. Il ne me regardait plus. Et, un moment, je me suis sentie plus à l'aise ; d'ailleurs je ne détestais pas le parfum de maïs grillé de ce tabac qui chassait jusqu'à l'idée d'odeur mortuaire.

Il m'a fait répéter la raison de ma venue en Bretagne. J'ai dit encore une fois que je voulais vendre cette maison. Il m'a demandé pourquoi. J'ai pensé qu'il sortait de ses prérogatives. Mais au lieu d'évoquer les soucis matériels que la maison me donnait, j'ai brusquement répondu que je ne l'aimais pas. C'était venu spontanément. Comme si j'avais besoin de le dire, de me confier.

Il y a eu un nouveau silence. Puis l'inspecteur m'a relu à haute voix le compte rendu de ma déposition et m'a tendu un stylo pour la signer. Son assistante me regardait sans sourire derrière ses lunettes à verres épais. Bleus ses yeux ? Peut-être. Puis elle s'est levée et m'a fait imprimer l'empreinte de mes doigts, enduits d'un liquide poisseux, en s'emparant elle-même de ma main, sans doute parce que je m'y prenais mal.

« Eh bien, tout est en ordre pour le moment, a conclu l'inspecteur en se levant. On va vous raccompagner chez vous. Je vous verrai dans les jours à venir. Bien entendu vous ne quittez pas la région. Vous êtes notre témoin principal. »

Il m'a saluée un peu sèchement. Un agent m'attendait dans la voiture.

Un quart d'heure après, j'étais devant la maison du boulevard de l'Océan : les deux gendarmes restés sur place m'ont ouvert. Ils m'ont dit que tout allait bien, que je pouvais dormir tranquille : ils avaient visité les lieux, s'étaient assurés qu'il n'y avait personne. Et surtout, ai-je pensé, ils avaient évacué le cadavre de la chambre du bas pour le remettre au médecin légiste. Puis ils m'ont rendu la clé de la maison avec une espèce de salut militaire et ont rejoint leur collègue dans la voiture.

J'étais contente de refermer la porte sur eux, de donner un tour de clé. J'ai entendu démarrer la voiture. Il n'y eut cette fois ni sirène ni gyrophare. Comme si tout était rentré dans l'ordre.

Mais, dans le couloir, sur la porte fermée de la chambre de Berthe, je vis qu'on avait apposé les scellés. Un papier rouge cacheté. Impressionnant. Et ma valise ? Restée à l'intérieur ? Je n'avais pas pensé à la prendre ; mais quelqu'un l'avait déposée dans le corridor, au pied du porte-manteau. Je ne l'avais pas tout de suite remarquée, et je m'en suis emparée avec gratitude : j'avais le sentiment que c'était tout ce qu'il me restait de ma vie normale. Mais c'était quoi, ma vie normale ? Je ne le savais plus très bien.

Pour ce soir, ici, j'étais contrainte d'aller m'installer au premier dans ma chambre d'autrefois. Mais ça n'avait plus d'importance.

Et puis cette chambre, comme celle d'Armelle, comme celle de maman, avait été vidée sur ma demande à l'agent immobilier de tout objet personnel : je n'y trouverais rien de gênant. De nous, là-haut, s'il avait fait son travail, il ne restait sans doute que les murs, la couleur passée des tapisseries à fleurs, et l'indispensable mobilier. Rien d'autre. Rien qui puisse faire mal.

Lundi

J'ai dormi d'une traite dans ma chambre. Celle où j'avais dormi, été après été, pendant tant d'années. Où je m'étais promis de ne jamais revenir. Me suis réveillée abrutie. Aussi épuisée que si l'on m'avait battue. Mais neuve.

Je m'étais couchée la veille sans même me déshabiller. Sans me soucier de l'absence de draps ; je m'étais seulement abritée sous une couverture, que j'avais trouvée pliée au pied du lit. Un simple jeté de coton blanc recouvrait le matelas. Ce matin je l'ai reconnu, ce jeté brodé ; il faisait partie du trousseau de ma grand-mère. Enfant, je m'en faisais une jupe, les jours d'ennui, pour me déguiser en princesse. Absurde, ce souvenir arrivé là tout à coup. « Regardez-moi cette petite folle ! », riait Berthe, ravie. Ma mère, survenue, m'intimait l'ordre de ranger ces oripeaux et de m'habiller correctement.

La voix d'Anne-Marie, sa dureté, sa sécheresse. Une voix de professeure de mathématiques plutôt que de littérature ! Souvent je m'étais demandé comment elle faisait pour parler de poésie à ses élèves. Leur lire « L'Invitation au voyage », des choses comme ça, si douces, si belles, si secrètes. Heureusement, même si nous étions élèves dans le lycée où elle enseignait, je n'ai jamais été inscrite dans sa classe : elle y avait veillé. Ma sœur non plus. Sa classe, pour ma mère, c'était chasse gardée. La seule chose, peut-être, qu'elle a jamais cru posséder. Pas question d'y mêler la famille.

Et voilà que je l'entendais, cette voix, comme si rien ne s'était passé, comme si nous étions alors. À croire que le choc de la veille m'avait mystérieusement permis de retrouver le passé.

C'était le froid du matin qui m'avait réveillée. J'ai couru à la fenêtre, et j'ai repoussé les volets pour regarder le ciel : l'air frais de la mer m'est arrivé comme un ami oublié. Il ne faisait pas encore tout à fait jour : des lueurs rouges se dessinaient à la lisière du ciel et de l'eau. Le reste était sombre ; le village absolument silencieux ; la mer, une masse grise, immobile, muette. En arrivant, je l'avais à peine regardée. Presque invisible ce matin, elle ne se signalait que par son odeur, cet inoubliable parfum d'ailleurs qui m'avait si longtemps accompagnée.

Quelle heure pouvait-il être ? Sans doute autour de huit heures. Le souvenir de ce qui s'était passé la veille au soir m'est alors revenu. Mais sans brutalité, comme on se souviendrait d'un rêve inconsistant, flou. Ça n'avait plus aucune réalité : presque une chimère, le mort de la chambre du bas, les gendarmes, le policier, l'odeur de son cigarillo, les yeux inquiétants de la femme à l'ordinateur. Quant au fantasme qui m'avait un instant si violemment troublée, cette vision fugitive de mon père, mieux valait n'y plus penser.

En revanche le rappel des obligations à affronter aujourd'hui m'a assaillie : l'inspecteur de police de Quimper allait revenir. Quand ? Il ne me l'avait pas précisé. Il fallait que je m'apprête à le recevoir.

J'ai aussi pensé au programme initialement prévu pour ce lundi et pour mardi : les rendez-vous avec l'agent immobilier et le notaire. Mais ça, c'était dans une autre vie. Je devais tout de suite les décommander. Or cette simple démarche me pesait incroyablement. Quelle excuse invoquer ? Que j'avais trouvé un cadavre chez moi ? Que pour le moment j'étais occupée, que je reprendrais contact ?

Je me suis lavée à l'eau froide, par paresse de mettre en marche l'antique chauffe-eau dont j'avais oublié le fonctionnement, comme, la veille, j'avais hésité à retrouver l'emplacement du compteur électrique. Pauvres locataires de vacances, ai-je pensé, qui avaient dû se contenter tous ces étés du confort rudimentaire de la maison, en dépit des relances que m'adressait régulièrement l'agent immobilier ! Certes le loyer demandé n'était pas élevé, mais tout de même ! Cette salle de bains, à peine améliorée depuis l'installation de Berthe et Étienne, quelle honte ! Une douche spartiate, un lavabo de faïence aux robinets piquetés de rouille, une tuyauterie vétuste et bruyante à la moindre utilisation... Pourquoi cette incurie de ma mère, de moi-même ? Le manque d'argent, oui, peut-être. Mais il y avait autre chose. Pour moi en tout cas. On aurait dit que c'était à la maison que j'en voulais. La maison que je détestais. Que je punissais. Que j'aurais inconsciemment voulu détruire.

À gauche de la salle de bains, je trouverais la chambre de ma sœur. Je ne suis pas entrée. Je savais trop ce qui m'y attendait : le vide de son absence, et un silence accusateur. Le reproche aigu de mon abandon. La dénonciation de ma lâcheté, ou plutôt de ma complicité. L'avais-je jamais aimée, la pauvre fille ? Est-ce que je l'avais aidée quand j'avais compris ce qui se passait ?

Est-ce que j'avais essayé de lui parler, de comprendre la détestation où elle était de nous tous ? Pas étonnant qu'elle n'en ait pas voulu, de cette maison. Qu'elle l'ait rejetée, avec le reste. Je me rappelais ses larmes, ses colères, sa violence. Ses frasques amoureuses et les autres…

Son départ : un soulagement. Je m'en lavais les mains, en quelque sorte, de son histoire.

Au fond du couloir, juste au bout, je n'avais pas envie non plus de m'approcher de cette pièce : la chambre des parents. Nous l'appelions comme ça, alors que depuis longtemps Albert était parti et que ma mère dormait seule dans le grand lit. Comme une veuve. Comme la veuve qu'avait été sa mère. Autrefois c'était la chambre de Berthe et Étienne, quand ils avaient acheté la maison, dénichée au cours de leurs premières vacances, et payée dans l'enthousiasme, avec leur peu d'argent. Ils y avaient été heureux, chaque été. Anne-Marie était née… Comme elle racontait bien, Berthe. Comme j'aimais l'écouter dire cette histoire simple, cette saga des origines. Mais Étienne, malade depuis ses années de captivité, était mort – la petite fille n'avait que huit ans –, et Berthe était restée seule dans la grande chambre. C'est bien plus tard, au mariage de sa fille, qu'elle avait émigré dans la chambre du bas.

Et puis, Anne-Marie à son tour, avec l'abandon de son mari, s'était retrouvée seule.

Ce n'est pas pour rien que, dans le pays, on appelait notre maison la maison des veuves. N'étais-je pas, moi aussi, dans ma solitude, une espèce de veuve ? Seule, mais cette fois par ma faute ! Incapable, Dieu sait pourquoi, de vivre avec un homme. Le pauvre Denis, celui que maman nommait par souci de respectabilité « ton petit fiancé », en avait fait les frais. Et Armelle ? Armelle ! N'était-elle pas, dans sa solitude, une manière de veuve elle aussi ?

C'était comme si une fatalité s'attachait au destin des femmes de cette maison.

Vite, j'ai quitté le premier étage, troublée de l'afflux de ces réminiscences, de cette brusque présence des choses du passé. De l'apparition dans ma tête de l'idée d'une répétition des vies.

En bas, dans la salle, il faisait grand jour. J'en ai été tout éblouie. J'avais oublié que la veille au soir, j'étais si lasse après le départ des policiers que je n'avais pas eu le courage de fermer les lourds volets.

Dans l'élémentaire coin cuisine aménagé au fond de la pièce, je me suis préparé un café – j'avais trouvé par miracle un paquet entamé, abandonné par les locataires sur une étagère.

Seule concession à la modernité, une cafetière électrique Moulinex – mon dernier achat! – trônait sur le petit plan de travail. Les tasses, c'étaient celles d'autrefois, de robustes tasses de faïence blanche qui avaient résisté au temps. Pas comme les bols à bordure bleue marqués à notre nom, le mien, Claire, celui d'Armelle. Sur celui de maman, on lisait simplement *maman*. Pour nous, elle n'avait pas de prénom, maman. Et, depuis la mort de sa mère, il n'y avait plus personne à la maison pour l'appeler Anne-Marie. C'était un prénom pour nous privé de sens. Cassés, les trois bols, disparus avec notre adolescence; remplacés par les grosses tasses blanches de l'âge adulte, devenues celles des vacanciers de passage.

Il m'a semblé délicieux, ce café solitaire, que j'ai savouré debout devant la fenêtre. Par ennui de m'asseoir à la grande table vide. Et puis de cette façon je voyais mieux la mer : belle, incolore sous le ciel pâle, étale, en attente. Je la regardais et je ne pensais à rien. Oubliée, l'affaire du mort de la chambre de Berthe. Inexistante.

Des gens sont passés devant la maison. S'interpellant, riant. J'étais étonnée de la sonorité de leur voix dans le matin. De ma place, je ne distinguais pas leurs visages. Ils n'étaient que des silhouettes. Ils portaient des bonnets de laine bleus et des coupe-vents. Peut-être qu'ils partaient en mer. Peut-être qu'ils étaient en vacances. Un moment, comme ils s'éloignaient, je me suis attardée à imaginer ce que pouvait être leur vie. Cette voix plus grave, ce devait être celle du père. Et puis il y en avait une autre, plus jeune, un peu stridente : la fille, sans doute ? Je les ai enviés. Mon père parlait toujours d'acheter un bateau. Il ne l'a jamais fait. Faute d'argent bien sûr. Mais comme il m'avait fait rêver ! « Tu verras, ma chérie, quand on aura le bateau... » Je l'entends encore... Pourquoi est-ce que je pensais à ça ? J'avais oublié ces choses-là depuis si longtemps. Ces rêves avortés.

J'ai tressailli quand j'ai entendu tinter la petite cloche qui depuis toujours sert de sonnette, l'agent immobilier m'en fait assez le reproche : « Mais enfin, madame Werner ! Pas même une sonnerie électrique ! À notre époque ! Les locataires ne comprennent pas ! »

Ce visiteur matinal, c'était sûrement l'inspecteur de Quimper. Et toute l'angoisse de la veille m'est brutalement revenue.

Mais non ! Sur le seuil, à contre-jour d'un grand ciel blanc, se tenait un jeune homme, inconnu, souriant. Un petit rouquin au visage ouvert. « Julien Legall, me dit-il en me tendant une main aimable. Du *Télégramme*. Vous pouvez m'accorder un instant ? Ce ne sera pas long... »

J'avais oublié : l'inspecteur Brun m'avait pourtant avertie que j'aurais la visite de journalistes. Je ne pouvais pas m'y opposer. Le garçon voulait faire un cliché de la maison où les choses s'étaient passées. Je me dis qu'avec cette photo de « la maison du crime » dans le journal les curieux n'allaient pas tarder à défiler. Mais après tout quelle importance ? J'étais si ahurie et si mal en point que cela m'était indifférent.

Pendant que je le faisais entrer, j'ai à nouveau pensé qu'il me fallait démettre au plus vite mon rendez-vous de l'après-midi avec l'agent immobilier. Si désagréable que ce soit, après, je serais tranquille. Comme en vacances ! Vacances ?

Quelle idée saugrenue ! J'étais sûrement très fatiguée.

Le journaliste – vingt ans, vingt-deux tout au plus, des traits encore enfantins que cherchait à vieillir une courte barbe –, s'est assis sur une des chaises disposées autour de la table ; moi sur une autre. Il m'a demandé de raconter comment les choses s'étaient passées à mon arrivée, ce dimanche soir. Je l'ai fait simplement. Ce devait être la troisième fois que je faisais ce récit. Je ne ressentais plus aucune émotion, mais comme un étonnement d'être là, dans cette maison, coincée par les circonstances. J'ai parlé au jeune homme de la chambre de Berthe, lui ai montré dans le couloir la petite porte aux scellés. Il a pris deux ou trois notes au crayon sur un carnet à spirale ; puis il a demandé à photographier. Ce qu'il a fait avec sérieux, très professionnel. Une photo de la porte de la chambre, une photo de la maison du boulevard de l'Océan.

« Et ça paraîtra quand dans le journal ? ai-je demandé.

– Demain matin, m'a-t-il fièrement répondu. »

Je lui ai souri et lui ai proposé un café. Il m'a remerciée, mais il n'avait pas le temps. Il devait faire deux autres reportages dans la région. Puis il a ajouté que demain, si je voulais, il passerait m'apporter *Le Télégramme* pour que je lise son article. J'ai trouvé ça très gentil, mais je ne voulais pas qu'il se dérange. Il m'a assuré que non, il n'y aurait aucun dérangement, il habitait ici, tout près, chez sa mère, rue des Dentellières. « Ah ! rue des Dentellières, ai-je fait aussitôt. Je vois très bien... », et en même temps me venaient des souvenirs de cette rue toute voisine où nous allions jouer à cache-cache, Armelle et moi, quand nous étions petites. « N'allez pas trop loin, criait maman, du seuil de la maison, pas plus loin que la rue des Dentellières ! » Je ne sais pourquoi ce nom chargé de mystère et de poésie me semblait déjà un pas vers l'aventure. Et, la surprise de ce souvenir ancien, aujourd'hui, c'était comme une parenthèse lumineuse. Une éclaircie dans la pesanteur du présent.

Le jeune homme me regardait sans rien dire. Et puis, un peu abruptement il a dit : « Ça a dû tout de même vous faire un sacré choc, hier soir, quand vous êtes arrivée, de trouver ce mort chez vous ? »

Un sacré choc ? J'ai souri. Oui, un sacré choc. On peut dire ça de cette façon. Il ne pouvait pas savoir en quoi, au juste, avait consisté ce choc. Il aurait été étonné de l'apprendre. J'ai acquiescé. Il était gentil ce garçon. J'étais contente, finalement, qu'il soit venu.

Il avait garé sa moto de l'autre côté de la rue. Il m'a serré la main en souriant. « Eh bien à demain, madame. Et bon courage ! » m'a-t-il dit maladroitement avant de traverser.

J'ai refermé la porte, toute songeuse, ses dernières paroles encore à l'oreille. Il pensait évidemment à l'effroi que devait me causer cette affaire.

Un sacré choc, avait-il dit. S'il savait que c'était moins la découverte du mort qui m'avait bouleversée que l'idée insensée qui m'avait alors traversée. Comme un éclair. À cause des cheveux blonds aperçus. De la longue silhouette juvénile. Si semblable à l'autre. Ce fantasme du retour du père, ce rêve traîné toute l'enfance. Jamais guéri. Et ressurgi dans l'éclair de folie de l'adulte que je suis.

Et voilà qu'elle revenait, cette histoire, qu'elle me frappait en plein cœur.

Le départ de mon père, ce drame, comment l'oublier ? Même si c'était il y a longtemps. En 1980. J'avais dix ans.

Nous étions ici, bien sûr, dans cette maison. Toutes les choses importantes se sont toujours passées l'été, pendant les vacances, dans cette maison. La maison de Bretagne, comme nous disions. Le mois d'août tirait en longueur, en moiteur. La décision de mon père de participer à cette grande exposition de peintres français à Buenos Aires était prise, en fait, depuis des mois. Il avait accepté de partir pour une année : il s'agissait d'une série d'expositions en Amérique du Sud. La chance de sa vie, disait-il, quand, au printemps, il avait commencé de nous en parler. En France il végétait, personne ne reconnaissait sa peinture. Là-bas, on l'attendait ! D'abord à demi-mots, puis clairement, il a fini par nous apprendre son projet. Mais personne n'avait l'air de s'inquiéter. On pensait de toute façon qu'il ne partirait qu'en septembre, à la rentrée, s'il partait.

Maman se refusait à cautionner la chose. Elle n'y croyait pas. Pour elle ce n'était qu'une idée en l'air, une fantaisie de plus. « Votre père est fou, disait-elle, il va se ressaisir ! » Elle comptait sur les vacances pour lui faire oublier ses chimères. Lui restait silencieux, étonnamment grave. Au début, elle avait plaisanté, mais avec cet été qui finissait et la date du départ prévu qui approchait, elle ne riait plus. Elle discutait, maintenant. Âprement. Désespérément. Elle criait. Tempêtait. Le jour, la nuit. Le pire, c'était la nuit. Dans le silence, on n'entendait plus que les hurlements de la chambre du fond, les siens, à elle, car mon père, lui, ne disait rien. Ne répondait pas à ses cris, à ses injures, à ses questions passionnées. Et c'était ça, sans doute, qui, elle, l'exaspérait. Enfermées dans nos chambres, nous écoutions, nous imaginions : il est vrai que nous l'avions déjà vue, cette femme habituellement si froide, si maîtresse d'elle-même, se jeter sur son mari comme une folle, au cours d'une dispute, le frapper de coups désordonnés, essayer de le griffer. Alors il l'arrêtait en lui saisissant les poignets et l'écartait violemment. Une fois ou deux, il est arrivé qu'elle retombe malencontreusement sur le sol « Brute ! criait-elle, tu n'es qu'une brute ! » Je me rappelle sa voix misérable. J'avais honte pour elle. Selon moi tout était de sa faute.

Quelquefois, dans la journée, quand mon père sentait que le ton montait, prévenant l'orage, il nous emmenait, Armelle et moi. Nous partions pour les plages les plus éloignées, ou, par un chemin de traverse, nous gagnions la campagne. Je me souviens, c'était le temps des premières mûres. Armelle riait, toute barbouillée. Elle ne comprenait rien à ce qui se passait à la maison. Je me rappelle le sérieux du visage de mon père, lors de ces promenades improvisées : il affectait la gaîté, plaisantait, nous faisait rire, mais je voyais bien ce qu'il éprouvait, et je devinais ce qu'il ne pouvait dire. Il savait que je savais, que j'étais avec lui. Nos regards ne mentaient pas.

Grand-mère Berthe assistait à tout cela impuissante, refusant de prendre parti. Elle adorait sa fille, mais elle aimait bien Albert, et comprenait parfaitement ce qui n'allait pas entre eux, ce qui ne pourrait jamais aller entre « ces deux-là », comme elle disait tendrement. Quand une scène commençait, elle nous entraînait dehors. Ou, si c'était le soir, nous mettait au lit après nous avoir fait dîner rapidement. Puis elle s'enfermait elle-même dans sa chambre en se bouchant les oreilles. Jamais elle n'est intervenue entre le mari et la femme. Je l'aurais entendue. Je lui en étais obscurément reconnaissante.

La situation s'est brusquement dénouée.

Je me souviens de chaque instant de ce petit matin où papa, nous prenant par surprise, est parti.

C'était encore la nuit. Il pouvait être quatre heures et demie, cinq heures du matin ? Armelle dormait, bien sûr. De la chambre des parents, on n'entendait plus rien, alors qu'il y avait eu des cris une partie de la nuit. Sans doute ma mère avait-elle fini, épuisée, par sombrer dans le sommeil.

M'attendais-je à quelque chose ? Je ne dormais pas vraiment. Papa est entré dans ma chambre, tout habillé, une petite valise à la main et m'a dit qu'il s'en allait. Tout de suite. Que ça valait mieux. Il prendrait le car de Quimper, puis le train pour Paris d'où il gagnerait Orly. Il avait avancé la date de son départ.

J'ai demandé si je pouvais l'accompagner jusqu'à l'arrêt de car. Il a hésité un instant puis il m'a dit de m'habiller, mais vite, ma chérie, et surtout ne fais pas de bruit.

Nous sommes sortis comme des voleurs. Je me souviens de la lumière hésitante de ce petit matin. Le ciel était bleu marine sur lequel couraient quelques nuées brumeuses. Le village dormait. Tout était silence. Nous marchions mon père et moi, ma main dans la sienne, vers l'arrêt d'autocar, derrière l'église. Un petit groupe attendait là, une colonie de vacances qui s'en retournait à Paris, les vacances finies, avec le premier train. Mon père portait un pantalon de toile et un blouson. Je me le rappelle tellement avec ses cheveux blonds d'éternel adolescent, en désordre sur son col. De trois ans plus jeune que sa femme, il avait alors à peine trente ans. Lui aussi il avait l'air d'un enfant qui s'en va, les vacances finies. Je n'ai pas voulu penser que, peut-être, pour lui, elles commençaient, les vacances, la vraie vie. « Claire, ma chérie, tu ne m'oublieras pas ? a-t-il murmuré en se penchant vers moi. Jamais ? » Lui aussi il m'appelait parfois « ma chérie », comme ma mère à la voix pointue, mais, dans sa bouche à lui, le mot n'était pas le même, je fondais de tendresse quand il le prononçait.

« Jamais ! », j'ai répondu.

C'était mon premier serment et j'entends encore l'altération de ma voix. Nous chuchotions. Autour de nous les enfants de la colonie surexcités par le départ s'agitaient et riaient fort, étrangers à ce que nous vivions.

Mais déjà l'autocar arrivait, dans un grand frémissement de pneumatiques. Mon cœur s'est serré.

« Sauve-toi, ma petite fille, c'est trop triste, cours à la maison ! », m'a dit mon père. Ces mots-là pour toujours dans ma tête. En hâte les gamins s'engouffraient bruyamment dans la voiture. Papa m'a serrée dans ses bras, m'a embrassée comme jamais. « Pardonne-moi, ma chérie ! Pardonne-moi ! Un jour tu comprendras… », a-t-il encore dit. Et, comme il était déjà sur le marchepied et me voyait immobile à côté du car, il a crié : « Allez, vas-y, Claire ! Cours à la maison ! Va-t'en ! » C'était presque comme s'il me jetait une pierre, comme à un chien collant, pour que je m'en aille.

À ce moment je suis partie, et c'est alors seulement que, tout en courant vers la maison, j'ai commencé à pleurer.

Ce qui a suivi le départ d'Albert, d'une certaine façon fut presque pire. Je n'aime pas y penser. On aurait dit que quelqu'un était mort. On entendait le silence. On respirait l'odeur de l'absence.

Ma mère avait-elle ou non entendu son mari partir ? Quand je suis arrivée à la maison, aussi silencieusement que possible, il n'y avait aucun bruit à l'étage. Je crois qu'elle avait tout de suite compris. Enfermée dans sa chambre, elle ne se montra pas de la matinée. « Elle se repose », chuchotait grand-mère Berthe, que j'avais mise au courant sans qu'elle en parût surprise. On a fait, Armelle et moi, et elle, comme si rien ne s'était passé. Maman ne redescendait toujours pas. Berthe s'affairait autour de nous pour donner un semblant de normalité à notre vie, nous emmenant faire les courses, cuisinant, lavant et repassant comme d'habitude. Elle montait de temps à autre à l'étage voir si sa fille avait besoin de quelque chose. Non, rien : Anne-Marie ne voulait rien, pour le moment, que la paix. Ça a duré comme ça plus d'une semaine. Berthe lui apportait parfois un plateau. Dans la maison vide, on n'entendait rien le jour, sinon par moments, venu du dehors, le bavardage furtif de promeneurs ; et la nuit le bruissement presque irréel des vagues. J'en étais à regretter les cris des dernières scènes conjugales.

Ce silence ! Cet isolement ! Cette maison, c'était une île sur l'Île.

Nous, *vacanciers*, résidents d'été, nous ne connaissions ici quasiment personne, à part quelques vieilles femmes à côté desquelles Berthe allait souvent s'asseoir sur un des bancs voisins pour bavarder au soleil, le banc de la pointe, face au phare de la Perdrix, ou celui du port, ou celui du boulevard de l'Océan, à deux pas de chez nous, ou l'autre à son extrémité, à côté du « Manoir ». Celles que nous appelions « les copines de Berthe » venaient parfois à la maison lui apporter un poisson frais pêché par un voisin, des pommes qu'on leur avait offertes. Mais elles n'avaient commerce qu'avec elle. C'est qu'elle était d'ici, Berthe, depuis qu'à sa retraite, quittant son petit appartement du XXe arrondissement, elle avait choisi de vivre toute l'année sur l'Île. Albert et Anne-Marie ne l'étaient pas, eux, d'ici ; c'étaient des étrangers, qui n'habitaient là que les deux mois d'été, et occupaient alors leurs journées, lui à se promener seul ou à peindre ; elle, à lire. Pour les gens de l'Île, c'étaient « les Parisiens » – et nous, les petites, nous étions les enfants des Parisiens. Quant aux autres vacanciers, par exemple les bourgeois du boulevard de l'Océan, nos voisins, ils nous regardaient, je crois, comme des originaux, des bohèmes qu'ils n'avaient pas grande envie de fréquenter.

Donc personne alentour, en ce moment difficile du départ d'Albert, ne s'est intéressé à sa disparition (qui s'était faite si discrètement), ni soucié de nous.

Un médecin est venu, envoyé par grand-mère que le silence et la prostration de sa fille affolaient. Anne-Marie a été soignée. Quand enfin elle a refait surface, amaigrie, le visage ravagé de larmes, de grands cernes noirs sous les yeux, elle qui n'avait que trente-trois ans, c'était une vieille femme. Mais, je ne sais pourquoi, son visage ne m'inspirait pas la pitié mais une sorte de dégoût.

Le mois d'août se terminait. Il fallait penser au retour à Paris, à la rentrée des classes, et pour elle, et pour nous. Cette rentrée d'habitude si joyeuse, avec l'achat des livres, des fournitures de classe – cette année-là j'entrais en 6e, et combien j'attendais ce moment! –, m'apparaissait effroyable. Effroyable, la reprise de la vie dans l'appartement de la rue Lecourbe. Effroyable, la perspective de ne plus voir surgir papa au sortir de son atelier, de ne plus entendre sa voix joyeuse, de ne plus être soulevée dans ses bras. Car je savais, avec une certitude absolue qu'il ne reviendrait pas. Que ce temps était à jamais révolu.

Ce savoir, je le tenais du dernier regard qu'il avait eu pour moi, le matin où je l'avais vu monter dans cet autocar. Je savais aussi que nous n'aurions pas de nouvelles de lui. Jamais. Et pourtant je n'ai cessé d'attendre son retour. De le rêver. Parce que je l'aimais.

Oui, je l'ai longtemps rêvé ce retour. Malgré moi. En dépit de ma raison d'enfant sage, puis d'adolescente. Un rêve récurrent, ça s'appelle. C'était toujours à peu près la même chose. Le plus souvent, je me voyais entrer dans ma chambre, celle du boulevard de l'Océan bien sûr, et dans un bondissement de joie, je voyais que mon père était là, endormi tout habillé sur mon lit. Il était revenu sans rien dire à personne. Il portait le blouson beige dans lequel je l'avais vu partir et ses cheveux blonds étaient dans le désordre du sommeil, ses yeux fermés. J'allais le réveiller, j'étais déjà dans le bonheur à l'idée qu'il ouvre les yeux, qu'il me voie, que notre vie recommence comme avant. Mais à ce moment, c'est moi qui me réveillais : j'étais dans mon lit, et, à côté de moi, il n'y avait personne. Je comprenais que j'avais rêvé. Qu'il n'était pas là. Qu'il ne le serait jamais. Et c'était encore plus douloureux que lorsqu'il était monté dans cet autocar.

Maman, elle, du jour de son départ, n'a plus prononcé le nom de son mari. Elle n'a jamais tenté, que je sache, aucune recherche. De cet homme, elle ne voulait plus rien savoir.

Un jour de septembre qu'Armelle pleurait en réclamant son père, elle l'a giflée. C'était comme mettre un terme aux lamentations. Une interdiction définitive.

Pourquoi est-ce que je me suis mise à évoquer ces moments-là, si douloureux ? Comme si l'ébranlement nerveux de la veille avait mis en marche une mémoire que le temps avait essayé d'endormir. Il avait suffi que je revienne dans cette maison, et, surtout, qu'il y ait eu le *choc* dont parlait le jeune journaliste pour que la machine à souvenirs se remette en marche. Non, je n'avais jamais vraiment oublié. C'était là, en moi, profondément ancré.

Et c'est, curieusement, Berthe que je retrouvais à l'instant, au centre de notre vie d'été, spectatrice impuissante du drame qui se jouait, ma chère grand-mère Berthe, avec sa grosse voix calme dans le tumulte de ces journées, Berthe, la seule qui nous rassurait, la seule aussi qui nous parlait depuis toujours de ce qui nous intriguait, la seule qui racontait ce que nous ne savions pas, la seule qui comblait les vides de notre histoire commune. Ainsi le mariage improbable de nos parents, ce qu'elle savait de leur rencontre à Paris dans la folie de 1968 : lui, tout juste arrivé d'Alsace, beau garçon de vingt ans, étudiant aux Beaux-Arts, bohème qui venait de rompre avec sa famille, elle, étudiante rangée, fille d'instituteurs, éternelle bonne élève, qui avait déjà passé son CAPES de lettres et se destinait à l'enseignement. « Comme ils étaient amoureux, tes parents ! me racontait Berthe, si tu avais vu ! » Qui me l'aurait dit sinon elle ? C'était déjà pour moi inimaginable quand j'avais cinq ou six ans. Et plus tard je ne les ai connus qu'en guerre, ou au mieux campant dans l'indifférence.

À quoi ressemblait-elle, Anne-Marie, à vingt ou vingt-cinq ans ? Je n'en sais rien. Je ne me rappelle pas son visage. Et je n'ai jamais trouvé de photo d'elle jeune. Elle avait dû les détruire, comme elle avait détruit après le départ de son mari tout ce qui le lui rappelait, ses tableaux, ses dessins, les vêtements qu'il avait laissés à la maison. D'elle plus âgée, il n'y a pas non plus de photo. Qui les aurait prises ? Albert ne regardait plus sa femme depuis longtemps, pourquoi en aurait-il voulu une image ? Et, nous, plus tard, trop occupées de nous-mêmes pour la voir, nous n'éprouvions certes pas le désir de la photographier.

Est-ce qu'ils s'étaient seulement aimés comme l'assurait Berthe ? Je n'ai pas le moindre souvenir de quelque geste de tendresse entre eux. Ni à Paris, ni dans la maison de Bretagne.

Je n'ai jamais compris ce qui s'était passé, ni leur amour ni leur désamour. Jamais compris le pourquoi – ni même le comment – de la naissance d'Armelle. Pas plus que je n'ai compris la violence du chagrin de ma mère, quand ce mari qu'elle semblait si peu aimer l'a quittée.

Toute enfant, ce n'est pas que je ne n'aimais pas ma mère. Je ne la voyais pas. Je ne la situais que dans une sorte de brouillard. Un corps maternel auquel j'aurais appartenu sans le voir. Une utilité. Elle n'existait pas vraiment par elle-même, ne m'intéressait pas. C'est au sens propre que je ne la percevais pas, que je ne voyais pas sa personne. Je ne voyais que mon père, ne m'adressais qu'à lui ; de même que j'avais le sentiment qu'il n'aimait que moi. Quand il est parti, il a bien fallu que je la découvre, elle. Il n'y avait plus qu'elle. Elle était là. J'ai pris soudain conscience de son physique, de ses traits réguliers mais insignifiants, de son corps sans chaleur, de sa voix plate. Et ce fut pour la détester. Adolescente, j'ai pensé que c'était à cause d'elle que mon père nous avait quittées. Elle ennuyait l'enfant qu'il était. Ne séduisait pas l'homme qu'il avait envie d'être. Elle le tyrannisait. L'écrasait de la supériorité que lui donnait un métier stable et correctement rémunéré. Il était humilié de se voir entretenu par elle, puisque c'est de son salaire à elle que nous vivions. Il n'avait plus de désir pour elle. Et le jour où l'occasion s'est présentée de reprendre sa liberté, il l'a saisie. Comment lui en vouloir ?

C'est donc paradoxalement à ma mère que je ne pardonnais pas. Je la rendais responsable de la blessure que m'avait laissée Albert en partant.

Voilà que je ressasse, comme disait mon ex-ami, ce pauvre Denis, me surprenant à ruminer interminablement mes souvenirs. Marmonnant même parfois à haute voix sans m'en apercevoir, disait-il, des fragments de mes histoires. Ça le faisait rire au début ; en fait, ça l'agaçait. « Tu n'as qu'à écrire, me disait-il, en haussant les épaules, si tout ça t'intéresse tellement. » Cette habitude du ressassement m'avait un peu quittée, ridicule à l'en croire. Je ne suis pas fâchée de la reprendre, maintenant que je suis libre ! Et quel écho ils ont, ici, mes souvenirs !

J'ai alors entendu sonner midi à l'église : une belle sonorité ronde, profonde, que j'avais presque oubliée, et qui exaspérait jour après jour maman : « Ah ces cloches, ces cloches ! gémissait-elle, quand tout cela finira-t-il ? »

Que voulait-elle dire exactement ?

J'ai décidé d'aller déjeuner sur le port. Je n'avais pas vraiment le choix si je voulais manger quelque chose, et j'avais faim : mon dernier repas datait de l'avant-veille ! Et puis, à présent, il m'était indifférent de rencontrer les gens d'ici, connus ou inconnus. Un instant je me suis pourtant demandé si l'on savait ce qui s'était passé la veille au soir boulevard de l'Océan ? Mais non : *Le Télégramme* ne paraîtrait que demain matin, mardi. Et quand bien même on saurait déjà, cela aussi m'était égal.

J'ai fermé la porte à clé – avec notre vieille clé – et je suis partie vers le Port, à trois minutes de la maison. Ma première sortie ! Et si l'inspecteur venait me voir comme il l'avait annoncé ? Il pourrait toujours me joindre sur mon portable. Elle me pesait, l'idée de cette affaire, tant était prégnant en moi le souvenir de la soirée policière, la laideur écrasante de tout cela. Et combien ils étaient anachroniques dans ce contexte, mes souvenirs personnels m'écartelant avec désinvolture entre passé et présent !

Le temps se couvrait, en dépit d'un soleil timide qui passait de moment en moment entre les nuages. L'été était bien fini. Dans les petites rues quelques rares passants, des touristes attardés, un ou deux *locaux* filant le long des murs, un cabas à la main et je peinais à reconnaître le visage de l'un, la silhouette de l'autre. Soudain au détour d'une ruelle, c'est le port, si familier, qui dans un afflux de lumière entre deux nuages m'est comme apparu… Il était là, le cœur vivant de l'Île. Moi qui, hier encore, redoutais tellement cet affrontement ! Cette sauvagerie, ne la tenais-je pas de ma mère ? Elle répétait haut et fort qu'elle détestait cet endroit, ses cafés et ses restaurants bruyants, la foule qui s'y pressait l'été, les gens qu'elle risquait d'y rencontrer...

Pourtant j'ai le souvenir, quand j'étais très petite, avant la naissance d'Armelle, d'un déjeuner en famille à l'Hôtel du Malamok (devenu ensuite l'Hôtel Moderne), alors le meilleur restaurant de l'Île, entre mes deux parents (souvenir exceptionnel) et grand-mère Berthe. C'était le plein de l'été. Je me rappelle la lumière dorée de ce jour-là. Elle aimait bien, Berthe, nous montrer aux autres, en ce temps-là, pauvre grand-mère Berthe, dire à ceux d'ici : « Regardez, ce sont mes enfants ! » Elle était fière, alors, fière de sa fille, Anne-Marie, cette jeune femme altière, qui avait fait des études, maintenant professeur à Paris, et de son gendre, Albert, ce grand gars dégingandé, souriant, bel homme, peintre de talent, qui allait sûrement réussir. Et elle était heureuse de la jolie petite fille qu'ils lui avaient donnée, cette gamine de trois ans, moi, Claire. Non, il n'y avait pas d'Armelle à cette époque. C'était la paix. L'innocence.

Ce déjeuner, je me le rappelle si bien, tout ensoleillé, face à la mer. Une serveuse souriante était venue prendre la commande. Nous avions mangé en terrasse, sous un parasol à rayures bleues et blanches. Ce détail resté dans la mémoire, attaché à une image de bonheur presque irréelle.

C'est à ce restaurant-là que je voulais aller aujourd'hui – c'était d'ailleurs, semblait-il, le seul ouvert –, mais, cette fois, je m'installerais à l'intérieur. Le temps maussade laissait les terrasses désertes. Sur le port vide, deux enfants à vélo tournaient en rond silencieusement, traçant de lentes ellipses. Tout au bout du môle écrasé de nuages de plus en plus sombres, on apercevait la silhouette solitaire d'un homme accoudé à la rambarde.

La personne qui m'a présenté le menu, je ne la connaissais pas. J'ai pensé que l'aimable serveuse d'autrefois avait dû prendre sa retraite. Je me rappelais son prénom, Marguerite, et son parler très doux, au fort accent d'ici. Je me suis souvenue combien elle avait été prévenante pour nous, quand quelques années plus tard, nous étions revenues seules, Berthe, moi et Armelle, après le départ de mon père. Anne-Marie avait refusé de nous accompagner. Je me rappelle ce repas mélancolique, si différent de l'autre, que seule égayait un peu la gentillesse de cette femme.

Que de choses s'étaient passées pour nous entre ces deux déjeuners à ce même hôtel !

Est-ce que j'avais conscience de la dégradation du ménage que formaient mes parents ? De l'aggravation de leur mésentente ? Je crois que je ne les voyais pas en tant que couple. Qu'ils ne s'entendissent pas, elle austère, sévère, méticuleuse jusqu'à la manie ; lui, désordonné, généreux, imprévoyant, c'était sans doute une évidence pour tout le monde. Mais moi, trop jeune, inconsciente, occupée par le bonheur égoïste que me donnait l'adoration de mon père, je ne l'ai compris qu'à la fin. De même que je n'avais pas idée de nos problèmes matériels : mon père ne gagnait rien avec ses tableaux, il ne vendait pour ainsi dire pas ; nous n'avions pour vivre que le traitement de professeur de collège de ma mère : quand le loyer de l'appartement de la rue Lecourbe (trois petites pièces sur cour) était payé et celui du modeste atelier d'Albert, rue de Vaugirard, les fins de mois étaient difficiles. La naissance non désirée de la petite Armelle n'avait pas arrangé les choses. Et les derniers mois, avec le drame qu'avait entraîné l'annonce du projet de départ d'Albert avaient été un enfer pour tout le monde, en particulier dans la maison du boulevard de l'Océan, où les tensions étaient toujours exacerbées entre le mari et la femme, livrés l'un à l'autre sans la diversion de leurs activités professionnelles.

Berthe avait vite compris ce qui se passait et ce qui allait arriver. « Que veux-tu, ma chérie, m'a-t-elle dit plus tard, quand on eut compris qu'Albert ne reviendrait pas, ton père et ta mère, c'était le jour et la nuit : ça ne pouvait pas marcher ! » Pauvre Berthe ! Elle qui avait été si heureuse avec son Étienne, comment aurait-elle compris ce mariage de fous ?

Pendant que je déjeunais, un couple de personnes âgées s'est installé à deux tables de la mienne. Le reste de la salle était vide. J'étais si perdue dans mes pensées que je n'ai pas tout de suite fait attention à eux. Ce que j'avais remarqué, en revanche, c'est que la décoration de la salle avait complètement changé. Je me souvenais sur le mur du fond d'une grande fresque représentant des bateaux et des vagues, il y avait même, je crois, quelques sirènes. On ne voyait plus maintenant qu'un mur blanc et les tables en bois avaient été remplacées par des tables en Formica couvertes de nappes en papier.

Je me suis soudain aperçue que mes voisins de table me regardaient avec insistance et semblaient se concerter à mon sujet.

« Ça a bien changé ici, hein, pas vrai ? », m'a tout à coup demandé sans façons le mari, depuis sa place, avec un gentil sourire, comme s'il me prenait à témoin.

Surprise, j'ai vaguement acquiescé.

« Vous connaissez l'Île, on dirait ? a-t-il poursuivi. Ma femme se demandait, à vous regarder, si vous n'étiez pas la petite à Berthe, du boulevard de l'Océan… Mais, dame, ça fait des années… C'est qu'elle la connaissait bien, Berthe, ma femme ! Même qu'il y a un banc à côté de chez vous où, des fois, elles s'asseyaient pour causer ensemble. »

J'ai sursauté, surprise, émue. Oui, c'est bien moi, ai-je dit en souriant. Et je ne sais comment, était-ce la formule employée, *la petite à Berthe*, qui me parlait tant ? Le surgissement inattendu d'un prénom si cher, mes yeux se sont remplis de larmes. La voix un peu rauque de Berthe, la douceur de son regard, sa main cherchant ma main d'enfant, brusquement tout était là.

– Ah ! s'est écriée la dame, désolée, on ne voulait pas vous faire de peine…

– Excusez-moi, ai-je dit. Je dois être un peu fatiguée… Il y a longtemps que ma grand-mère est morte… Mais je l'aimais tellement !

– Il n'y a pas de mal, c'est bien naturel…, a fait l'homme en souriant.

Avais-je marqué dans ma réponse quelque brièveté pour échapper à l'émotion ? J'ai senti chez mes voisins comme une gêne. Ils ont repris leur conversation entre eux à mi-voix.

On m'avait apporté le plat que j'avais demandé. J'ai mangé très vite, comme pressée d'en finir, sans plus regarder personne.

Il n'était pas question que je m'attarde. Sans attendre le dessert, je me suis levée ; j'irais payer à la caisse. J'ai salué mes voisins d'un petit geste. Ils me regardaient, un peu surpris, je crois, l'air pensif. Bien sûr, me suis-je dit, ces gens-là savent tout. Ils savent l'abandon de mon père, les folies de ma mère. Les errances de ma sœur. Ils la connaissent, notre lamentable histoire.

Mais ce n'est pas grave, ce ne sont pas de méchantes personnes, me dis-je en sortant pour me calmer. J'étais contente qu'ils aient connu ma grand-mère. Qu'ils l'aient estimée. Car pour eux, à coup sûr, Berthe était une femme sans histoires, elle.

Oui, j'étais la petite-fille de Berthe, et j'aurais voulu l'être encore, *la petite à Berthe.* Quel bien ça m'avait fait de la retrouver ici, ma grand-mère !

J'ai regretté la manière dont j'avais quitté la salle. Mes voisins avaient sans doute pris ça pour de l'arrogance.

Dehors, j'ai voulu marcher, aller jusqu'au bout du môle où, maintenant, il n'y avait plus personne. La lumière avait baissé. Sous le ciel gris-bleu d'orage, la mer avait pris une belle, profonde et riche couleur d'huître, et de petites vagues blanches couraient en surface.

C'était précisément le temps qu'aimait mon père. « Un temps à peindre ! », aurait-il dit. Et, l'espace d'un instant, j'ai entendu sa voix. Comme s'il me le suggérait, j'ai eu violemment envie de peindre, moi aussi, de retrouver les couleurs qu'il aimait, celles de ses tableaux, et qui étaient là, sous mes yeux, de leur donner à mon tour force et élan sur une toile blanche.

Était-ce d'avoir rencontré ces personnes qui avaient si heureusement pour moi évoqué Berthe : j'avais presque oublié ma sinistre soirée de la veille. Par quelle légèreté ? Était-ce aussi l'effet de ma brève promenade ? Ou le bonheur de la voix de mon père revenue en moi ? Pour la première fois depuis mon arrivée, et peut-être même depuis beaucoup plus longtemps, j'ai eu l'impression de mieux respirer.

Il y avait peut-être ici quelque chose de magique.

Pour rentrer je suis passée, cette fois, par la Pointe, tout au bout de l'Île, sa pointe extrême, d'où l'on a une si belle vue sur la mer et son confluent avec la rivière de Pont-l'Abbé. Je suis arrivée par les rues de l'arrière du port, puis j'ai pris l'escarpé raidillon qui domine la mer et serpente devant cette petite maison accrochée au rocher que chaque hiver les vagues inondent. Arrivée à la Pointe, je me suis accoudée au parapet d'où l'on voit, derrière le phare à carreaux noirs et blancs de La Perdrix, le rivage de Loctudy, brumeux cet après-midi. Dans la grisaille on distinguait, taches blanches à peine esquissées, les villas 1900 qui, autrefois, me faisaient rêver. Il me semblait, mais je me trompais peut-être, que mon père avait peint – ou n'était-ce qu'une aquarelle ? – ce paysage. Oui, ce blanc un peu tremblé des villas dans la brume, je croyais me le rappeler.

Ça ne m'était pas arrivé depuis longtemps de penser aussi intensément aux tableaux d'Albert. Ceux que je connaissais du moins, ceux que j'avais eu le temps de regarder, puisqu'après son départ maman avait détruit ce qui était resté à Paris, les quelques toiles accrochées dans l'appartement, ou celles qu'il avait laissées dans son atelier après avoir expédié le reste en Argentine.

De mon père je ne possédais donc aucune œuvre. La seule chose qui me restât, c'était le souvenir des toiles qu'il m'avait montrées ; et quelques reproductions trouvées ici et là, sur internet, parues dans des revues oubliées. Il avait connu, semble-t-il, un certain succès, là-bas, en Amérique du Sud, du moins les premières années. C'est de cette courte période que datait l'argent envoyé, un jour, à Paris. Je me rappelle la joie qui m'avait envahie, ma fierté, en dépit de l'amertume affichée par maman, quand il avait envoyé cet argent à la maison. Mais ce qui s'était passé ensuite pour Albert, je n'en savais rien, ou presque. Peut-être aussi ne voulais-je pas le savoir. Le bref article de journal relatant sa mort en 1986 (cinq ans après son arrivée), le désignait brièvement comme artiste peintre. Sans plus. Ce qui renforçait l'idée que son premier succès avait été éphémère. Et on pouvait se demander quelle avait été son existence ensuite ?

Sa peinture, autant que je puisse en juger – en fait la connaissance que j'en ai, si lointaine, si incomplète, ressemble à un rêve – était simple, brutale, comme étrangère à sa formation classique aux Beaux-Arts. Il n'appartenait à aucune école, je crois. Il peignait, entre figuratif et abstrait, avec des teintes singulières, sombres, heurtées, la mer, le ciel, des arbres ; quelquefois des personnages, simplement esquissés : un enfant, une femme, un chien. Oui, je me souviens de ce détail, de ce chien à peine figuré au bas d'une grande toile. C'était la couleur qui l'intéressait, plus que le dessin. Et les paysages plus que les personnes.

Petite, j'ignorais tout de son travail. Il n'en parlait pas. Je savais à peine ce qu'il faisait, pourquoi il allait chaque jour s'enfermer dans cet atelier de la rue de Vaugirard. Ce que cela signifiait d'être peintre. Jusqu'à ce jour mémorable où il m'a emmenée avec lui à son atelier. Il m'a promenée devant ses tableaux, parlant, racontant à propos de chacun une histoire. M'expliquant des couleurs. Commentant des formes. Puis il m'a mis un pinceau à la main devant une toile vierge. « Allez, vas-y, Claire, c'est à toi ! » Je n'ai pas demandé ce que je devais faire, je n'ai rien dit, j'ai posé une touche de bleu sur la toile blanche, puis une autre de jaune, et de nouveau une plus épaisse de bleu et c'était bon de voir les couleurs se fondre et s'animer, découvrant des verts improbables, d'autres bleus, d'autres jaunes, et formant des espèces de figures si inattendues, que j'en avais été toute transportée.

« Tu vois de quoi tu es capable, ma petite fille ! », disait mon père, et je le croyais, et j'étais dans tout le bonheur qu'un père peut donner à son enfant. Ce souvenir-là, si précis, qui me revient toujours.

Peu après, il m'a offert ma propre boîte de peinture à l'huile. Ma mère haussait les épaules. Cette première boîte de peinture à laquelle je tenais tant, bien sûr qu'elle a fait partie de la razzia vengeresse opérée par elle après le départ de son mari sur tout ce qui pouvait le rappeler, lui et sa peinture. Surtout sa peinture. Ce qui ne m'a pas empêchée de continuer à peindre en cachette : Berthe, complice, m'avait offert, à l'insu de maman, une boîte d'aquarelle ; au lycée, plus tard, peindre faisait partie du programme scolaire et j'ai trouvé des professeurs pour m'encourager. Mais quand, après le bac, j'ai émis le désir d'étudier les Beaux-Arts, Anne-Marie s'y est fermement opposée. Elle avait vu mes tableaux. Ils ne valaient rien, je n'avais aucun talent. Pas plus que mon père, disait-elle, les faits l'avaient montré. Allais-je suivre le même chemin ? Ne devais-je pas croire la pauvre femme qui s'était sacrifiée, avait payé de sa jeunesse l'irresponsabilité de son mari ?

De guerre lasse, à demi convaincue – ma mère commençait à me faire pitié, et puis elle avait peut-être raison – j'ai opté pour les études de droit qu'elle me conseillait : « Toi si méticuleuse, si ordonnée, et avec ta mémoire, tu feras merveille ! », me disait-elle, elle d'habitude si avare de compliments. Je n'ai pas fait merveille, il s'en faut ; j'ai laborieusement accompli des études qui m'ont conduite à un métier qui me fait vivre mais que je n'aime pas.

C'est seulement à la mort d'Anne-Marie que j'ai timidement recommencé à peindre, pour moi, comme à la dérobée. En peintre du dimanche. Et sans rien montrer à personne. Si, parfois, à mon ami d'alors, Denis, que, par ailleurs, je malmenais : lui m'a encouragée, il faut lui rendre cette justice ; comme m'a soutenue ensuite le petit cénacle d'une association de peintres de quartier, sur la valeur et le jugement desquels je ne m'illusionne pas.

Parfois il m'arrive pourtant de croire que je suis capable de peindre comme je le voudrais, que je pourrai faire de la vraie peinture. Ainsi à l'instant, sur le port, dans l'émotion que j'éprouvais à regarder la mer comme si je la voyais à travers le regard de mon père, j'ai eu le sentiment que je savais l'essentiel, que j'arriverais à exprimer ce que je sentais. Que c'était là, tout près… L'intensité d'un tel moment de bonheur n'en est-elle pas le signe ?

La sonnerie de mon téléphone m'a brutalement ramenée à la réalité. J'ai tout de suite reconnu la voix détestable de l'agent immobilier de Pont-l'Abbé. J'avais complètement oublié d'annuler le rendez-vous que j'avais avec lui à deux heures ! Il était presque deux heures et demie. Évidemment il s'étonnait de ne pas me voir. Je me suis entendue balbutier des excuses : un contretemps, des circonstances indépendantes de ma volonté. Il a eu l'air surpris. Mais je me suis refusée à lui dire la véritable raison de ma défection. Ce qui s'était passé, il l'apprendrait bien assez tôt ! Désirais-je prendre un autre rendez-vous ? Non, pour le moment, je ne savais pas, je verrais. Je l'appellerais, ai-je bafouillé, tout en sachant que je n'en ferais rien, et que pour moi l'affaire était close. Cet homme, mystérieusement, je lui en voulais. J'ai raccroché, soulagée de ne plus l'entendre.

Cette fois, de crainte de me laisser surprendre une nouvelle fois, j'ai voulu appeler le notaire de

Quimper pour décommander immédiatement mon rendez-vous du lendemain. J'étais presque arrivée à la maison, mais je me suis assise sur le muret qui borde le boulevard pour le faire sans tarder. Comment avais-je été si négligente ? Il est vrai qu'avec le drame de dimanche, je m'étais trouvée comme dépossédée de moi-même.

Une secrétaire acidulée m'a passé le notaire. Il y avait longtemps que je ne l'avais entendu : c'était maintenant un vieux monsieur au ton pontifiant. Je ne l'avais rencontré qu'une fois, à la mort de Berthe, en 1998, pour la lecture du testament. Je nous revois, assises toutes les trois dans cette étude grisâtre à l'odeur de renfermé, la mère et ses deux filles, Anne-Marie en larmes entre Armelle et moi. Grand-mère nous laissait à toutes les trois, en indivision, la maison de l'Île (c'est plus tard, à la mort d'Anne-Marie, qu'Armelle a renoncé à sa part d'héritage). Il y avait pour nous dans ce moment quelque chose de grave et d'angoissant, qui tenait à la masse de souvenirs de chacune d'entre nous, au chagrin que nous avions de la mort de la vieille dame, comme à l'importance et à l'emprise sur nous de la maison du boulevard de l'Océan, témoin et complice de notre histoire, solennisée par cet instant. Sans doute notre anxiété venait-elle aussi de l'ambiguïté des sentiments que nous éprouvions, ma mère, Armelle et moi, les unes pour les autres et de l'incertitude de l'avenir. Oui, c'était un moment étrange. Et je suis étonnée qu'il ne me revienne en mémoire qu'aujourd'hui, tant il me semble signifiant. Jamais nous n'avions été aussi profondément ensemble, ni aussi profondément séparées.

Au téléphone je rendis compte au notaire aussi simplement que possible de ce qui venait d'arriver boulevard de l'Océan et demandai à remettre mon rendez-vous du lendemain jusqu'à plus ample informé.

« Je suis désolé, fit simplement le notaire. Comme c'est ennuyeux pour vous ! Tout cela est bien fâcheux… Mais, naturellement, je comprends… Vous prendrez un nouveau rendez-vous avec ma secrétaire ? »

Je l'ai remercié et j'ai dit que j'appellerais dès que possible, mais pas dans l'immédiat.

Et voilà, c'était tout.

Comme il était agréable, cet homme, et combien les choses, dites de sa voix unie et douce, paraissaient simples !

Nous avons aimablement pris congé l'un de l'autre. Je me suis sentie apaisée. Pour le moment aucun rendez-vous ne me liait.

Qu'adviendrait-il de cette maison ? Je n'en savais encore rien. Une chose m'était claire : je ne voulais plus jamais la louer. Et je n'étais plus si pressée de la vendre.

En rentrant à la maison, à peine la porte ouverte, j'ai jeté un regard comme neuf sur le décor familier de la grande pièce. Le premier un peu apaisé depuis mon retour. Le premier peut-être véritablement curieux, sinon amical.

La grande armoire de Berthe était là, et la cheminée, et les deux hautes fenêtres sans rideaux encadrant une petite commode sans style sur laquelle ma mère aimait qu'il y ait des fleurs (« Les filles vous pensez à rapporter des roses du marché ? Ou des dahlias, n'importe quoi ! »), et nos deux vieux fauteuils de velours bleu fané. Comme tout était resté semblable. J'avais oublié. Je me suis sentie bien. Chez moi. Pourtant ma situation était loin d'être confortable. Où en était le roman policier auquel j'étais, bien malgré moi, mêlée ? Le policier ne rappelait pas. Quand allait-il venir ? Et avec quelles nouvelles ? Je m'étonnais d'être là, à flâner, quasi tranquille, plus soucieuse de mes souvenirs que de l'affaire qui aurait dû m'occuper.

Il s'était mis à pleuvoir et j'entendais les gouttes frapper doucement les vitres, modifiant insensiblement l'éclairage de la pièce. Je retrouvais l'atmosphère des jours de pluie d'autrefois, quand la saison basculait, et que cette lumière grise commençait d'annoncer l'automne.

Un instant j'ai revu ma mère dans l'un des fauteuils, celui de droite, penchée sur un livre. « Tu devrais lire ça, ma chérie, disait-elle quand je passais – elle, si froide, m'appelait *ma chérie,* mais chez elle c'était machinal, pas du tout comme chez mon père dont j'étais vraiment *la chérie* –, si tu savais, ce livre, quelle merveille ! », et elle élevait au-dessus de sa tête pour me le montrer un roman d'Henry James ou de Virginia Woolf. Elle se désolait sincèrement que je ne lise pas, en particulier que j'ignore les romans anglais qu'elle affectionnait, et qu'elle a plus tard imposés à ma sœur. Se contentant de son *ma chérie* si artificiel, presque mondain, elle m'appelait rarement Claire, prénom que mon père avait choisi et qui, selon elle, ne m'allait guère. « *Claire*, toi ? Crois-moi tu n'as rien de clair ! » Quant au prénom d'Armelle, c'était une idée de Berthe, par dévotion à la Bretagne. Le prénom de leur fille cadette, cette enfant si peu désirée, mes parents ne s'en étaient pas souciés ; alors il était simplement là ; comme elle.

Comme ces détails me revenaient. M'occupaient. Prenaient un relief nouveau.

L'image de ma sœur ne surgissait-elle pas malgré moi à présent ? Rien qu'avec cette question des prénoms. « Armelle-la-sombre, disait mon père, gentiment moqueur, de la petite fille au regard noir, tandis que toi, ma Claire, tu es limpide comme le ruisseau ! » Il est vrai qu'il était facile de nous opposer, elle, avec ses cheveux de jais toujours en désordre et ses humeurs ombrageuses, moi apparemment si tranquille, si nette, courtes mèches blondes et regard bleu. On me préférait. Ma mère ne m'aimait pas beaucoup, mais elle avait peur d'Armelle, de ses colères, de ses foucades, de son désordre. Et quand elle la regardait, on sentait toujours dans son regard la réprobation de quelque chose qu'elle était seule à savoir.

Moi non plus je ne l'aimais pas, cette petite sœur. Elle me dérangeait, sans que je puisse dire exactement pourquoi. Et j'ai vite compris qu'elle dérangeait aussi notre famille. Elle incarnait, aurait-on cru, ce qui n'allait pas chez nous. Il aurait fallu qu'elle s'en aille. Plus tard, j'ai été heureuse qu'elle s'y décide. Si cruel que cela ait pu sembler. J'ai toujours eu le sentiment, je l'ai encore aujourd'hui, que, sans elle, nous aurions pu être heureux. Que, sans elle, peut-être, mon père ne nous aurait pas quittées. Une idée comme ça. Mais assez juste, je crois. Même si le pourquoi m'en échappe.

Je n'avais pas l'intention de songer à Armelle cet après-midi. De remuer tout ça. Pourtant, c'est le pendant nécessaire de l'autre histoire, celle que je me suis racontée ce matin. Mais il suffit : pour l'histoire d'Armelle, il sera temps plus tard.

Je suis montée dans ma chambre dans l'intention de ranger enfin le contenu de ma valise, les quelques vêtements apportés pour cette courte semaine : une tenue correcte pour aller chez le notaire (mais cette visite m'apparaissait maintenant très aléatoire), un jean de rechange, deux pull-overs. J'avais aussi pris avec moi un carnet à dessin vierge. Ce qui m'a fait sourire : dessiner, avec l'agitation qui était en moi ? J'ai néanmoins redescendu l'escalier de bois (ah le bruit retrouvé de mes pas sur les marches vermoulues, quel plaisir !), carnet et crayon à la main. Mais pourquoi n'avais-je pas apporté ne serait-ce qu'une boîte d'aquarelle ?

Installée dans le fauteuil de ma mère, à la lumière de la fenêtre de droite, j'ai esquissé de mémoire le paysage vu de puis la Pointe, ce rivage brumeux de Loctudy. Les couleurs, je me suis bornée à les indiquer brièvement avec des mots griffonnés au travers : pour le ciel, ici bleu-gris, ici gris jaune, là cette traînée blanc-gris ; et pour la mer un mélange de vert, de gris et d'ocre. Enfin, derrière le voile de brume gris clair qui enveloppe l'ensemble, j'ai noté de placer les pointes de blanc de titane, un peu tremblées, des villas de la côte.

Voilà, c'était, projeté gauchement sur le papier, le souvenir de mon impression, de la ferveur avec laquelle je l'avais reçue. Parviendrais-je à la transcrire sans la dénaturer ? L'aventure que représente le passage de la conception d'un tableau à sa réalisation, je la connais bien.

J'ai dû travailler assez longtemps, faire plusieurs croquis à demi satisfaisants. Je me rappelais mon père, les petits papiers couverts d'esquisses et de signes qu'il laissait partout et qui agaçaient tant Anne-Marie. Que ne les ai-je ramassés et gardés, ces dessins inachevés, ces brouillons qu'elle qualifiait, plus ou moins aimablement, de gribouillis, quand elle ne les jetait pas sans mot dire à la poubelle.

La pluie avait diminué, mais au tournant de l'après-midi, la lumière a soudain baissé d'un cran.

La tristesse m'est venue comme une brusque marée.

Il continuait à pleuviner mais, un instant, au travers des gouttes la lumière a réapparu. J'ai pensé que je ferais bien de profiter de l'éclaircie pour aller jusqu'à l'épicerie du village, à côté de l'église. Je devais absolument acheter du pain pour mon petit déjeuner du lendemain, et quelque chose à manger ce soir, car je n'avais pas le courage de chercher à nouveau un restaurant sur le port, ni de prendre la voiture pour gagner le supermarché le plus proche. Sortir me ferait du bien. Et puis j'avais tout à coup envie de revoir la petite épicerie de l'Île, image mythique dans mon souvenir.

Pourtant nous ne fréquentions que rarement la minuscule boutique. Anne-Marie trouvait ses prix excessifs (« déments ! », disait-elle de sa voix théâtrale) et, surtout, elle détestait l'atmosphère villageoise qu'on y trouvait, sa clientèle de commères avides de cancans. Mais, à l'occasion, elle était bien contente d'avoir recours au petit magasin. Comme moi ce soir, qu'il sauvait de la famine. Pourvu, ai-je cependant pensé une seconde, que la nouvelle de ce qui s'est passé chez nous hier ne se soit pas encore répandue ! Mais non, sûrement pas. En revanche, demain, le journal aura renseigné tout le monde…

L'épicerie de l'Île, c'est un très modeste commerce, deux petites vitrines de part et d'autre d'une simple porte vitrée à mi-hauteur ; les marchandises non périssables (conserves et bouteilles) sont disposées sur de longues étagères fixées à deux murs, le troisième étant occupé par le comptoir et la boulangerie, le dernier par un présentoir réfrigéré pour la charcuterie et les laitages. Les légumes et les fruits sont disposés à la vue des clients dans des cageots à même le sol. Tout cela extraordinairement bien agencé, compte tenu du peu d'espace.

Apparemment le patron avait changé depuis le temps : l'homme au teint coloré qui était là ce soir et s'entretenait avec deux clientes, deux petites femmes vêtues de noir, je ne l'avais jamais vu. Mon arrivée ne passa pas inaperçue : la conversation s'arrêta et l'une des dames se retourna sur moi. Je saluai d'un signe de tête, et tandis qu'elles se remettaient à parler entre elles, je demandai à l'épicier ce dont j'avais besoin.

Il y avait ce soir dans la boutique une atmosphère particulière, me sembla-t-il : cela tenait autant aux odeurs, un chaud parfum de pain frais, la forte senteur d'une terrine de pâté posée sur le comptoir, qu'au chuchotis des femmes et à l'éclairage parcimonieux de la demi-rampe de néon fixée au plafond qui laissait ça et là des zones d'ombre.

Tandis que l'épicier s'occupait à me servir, je surpris des bribes de la conversation des clientes. Elles parlaient à mi-voix de l'agitation qui aurait régné la veille au soir, selon elles, boulevard de l'Océan : on aurait vu des voitures de police qui allaient et venaient avec gyrophares. « Tu es sûre ? demandait une des femmes.

– Gwen l'a su des voisins de la petite maison du bout du boulevard.

– La maison des veuves ?

– Oui, ça se passait là... »

Ainsi tout se savait; mais personne ne savait. Les femmes, lèvres serrées, se regardaient, l'œil allumé de curiosité.

Je payais mes quelques achats. On me jeta un regard rapide. Je saluai et m'en allai. J'avais l'impression, peut-être à tort, qu'on ne me quittait pas des yeux, le patron comme les deux habituées. Pourtant, je l'aurais juré, on ne m'avait pas reconnue. Pour ces gens-là, je n'étais pas *la petite à Berthe.* J'étais juste une étrangère. Au mieux une touriste attardée. Une inconnue. Et, potentiellement, avec tout ce qui se passait sur l'Île, quelqu'un de suspect ?

Je suis rentrée en longeant la mer par le boulevard de l'Océan désert. La nuit descendait. Au loin, du côté de Bénodet, des lumières s'étaient allumées, formant un arc tout le long du rivage. C'était beau. Un peu irréel. J'ai encore pensé aux tableaux de mon père. À ce que je pourrais faire moi-même de cette image.

J'étais à peine arrivée à la hauteur de la maison que la pluie s'est remise à tomber, mais, cette fois, bien plus fort que l'après-midi. Une grosse pluie de printemps, on aurait dit, giclant dru sur la chaussée, écrasant la mer de milliers de lourdes gouttes. Il y a même eu quelque part un coup de tonnerre et un éclair fugitif a traversé le ciel.

Vite, j'ai refermé la porte derrière moi, posé mon panier sur la table et je suis restée un moment devant la fenêtre à regarder le ciel. Il me plaisait ce mauvais temps. J'aimais ce resserrement sombre autour de la maison. La nuit s'épaississait, développait des tons surprenants de noir et de violine, tandis que la mer se couvrait d'une petite écume frissonnante. On entendait tomber du ciel et monter de la mer comme une grande respiration.

La singularité de ma présence ici m'a de nouveau saisie ; mais, au lieu de m'accabler, voilà qu'elle me laissait une sorte d'étonnement heureux. Contrairement à toute attente, et en dépit des circonstances, j'avais bien fait de venir. J'en avais maintenant la certitude.

La triste affaire de la nuit de dimanche ne me regardait pas. C'était un pur hasard. Mais c'était à ce hasard que je devais d'être ici, ce soir, à regarder de la fenêtre la beauté de ce ciel d'orage. À la goûter. À m'en nourrir. Et il me semblait que je m'étais, en quelque sorte, rassemblée.

J'ai mangé avec plaisir ce que j'avais rapporté de l'épicerie, du jambon, du pain, ce pain exquis à la croûte brune et craquelée, accompagné de beurre salé et de fromage. J'ai même bu quelques verres de muscadet et mangé une pomme.

Et pour ma seconde nuit dans la maison d'été qui n'était plus d'été, dans cette chambre du haut qui n'était plus ma chambre, j'ai bien dormi, bercée par le bruit rassurant de la pluie sur les ardoises du toit et le glissement régulier de l'eau des gouttières.

Mardi

Il était presque neuf heures quand je me suis réveillée ! Jamais, à Paris, il ne m'arrive de dormir si tard. J'avais entendu dans un demi-sommeil quelques appels de mouettes, presque irréels ; mais c'est la lumière étonnante, arrivée de la fenêtre qui m'a tirée du sommeil, car je n'avais, la veille, ni fermé les volets ni tiré les rideaux, et cela déjà était du bonheur.

La première pensée qui me soit pourtant venue, c'est que, ce mardi matin même, *Le Télégramme* serait dans toutes les boîtes et que les ennuis allaient commencer.

J'ai encore fait ma toilette à l'eau froide (la chaudière avait décidément rendu l'âme), et me suis préparée à toute visite éventuelle, indésirable ou nécessaire. Des curieux ? L'inspecteur de Quimper ?

Il faisait un temps magnifique, bleu et venteux : « Le ciel s'est vidé cette nuit ! », aurait dit Berthe. Je serais bien allée marcher sur la plage, mais quelque chose me disait qu'il valait mieux attendre un peu que la police se manifeste.

En fait, j'avais déjà eu une discrète visite matinale : sous la porte j'ai trouvé le journal du jour que le journaliste roux avait déposé de bonne heure avec un mot : « Bonjour ! Regardez l'article en page 4 : j'espère qu'il vous plaira ! Je passerai vous voir dans la journée, si vous voulez bien, et si j'ai un moment. »

Je me suis fait un café que j'ai dégusté, le journal déployé devant moi sur la table. Le court article de Julien Legall, inséré parmi les informations locales, à la page des faits divers, s'ouvrait sur un titre fracassant :

Macabre découverte
dans une maison de l'Île

La police s'interroge sur l'identité du corps trouvé dimanche soir dans la chambre de rez-de-chaussée d'une maison inhabitée l'hiver du boulevard de l'Océan. La mort remonte à la nuit de samedi à dimanche. La cause du décès est encore inconnue. De même qu'on ignore comment le cadavre s'est trouvé là.

Crime ? Accident ? Suicide ? L'enquête est en cours.

Le style du jeune homme m'a fait sourire. Mais, après tout, il respectait les lois du genre.

Avec cela, le boulevard n'allait pas manquer d'attirer des visiteurs. Le numéro de la « maison du crime » n'était pas précisé… La photo suffisait !

Et si j'allais marcher sur la plage, comme j'en avais envie depuis mon arrivée, et comme j'y pensais encore à l'instant ? Je le connaissais bien, ce désir soudain de marcher le long de la mer, le nez au vent, avec sous les pieds le sable dur de la marée basse, il suffisait autrefois à me rendre heureuse.

Je rangeais déjà précipitamment les restes de mon petit déjeuner, quand j'ai entendu la cloche retentir à la porte. Trop tard !

J'ai tout de suite reconnu derrière la vitre cathédrale, en grisé un peu trouble, la longue silhouette du policier de Quimper. Une brève bouffée d'émotion m'a envahie : pourquoi ? Je n'avais rien à me reprocher. La respiration un peu rapide, j'ai ouvert la porte. François Brun était là. Très poli, très raide. Semblable à lui-même. Il m'a fait en arrivant un drôle de salut de la main, plus amical que militaire. « Bonjour ! J'espérais bien vous trouver à cette heure. Je n'ai pas jugé utile de vous appeler, excusez-moi… » Toujours cette affectation de politesse, corrigée par le petit sourire, un rien ironique.

Je l'ai fait entrer, sans pouvoir me défendre d'un vif sentiment d'appréhension, en dépit ou à cause de l'apparente courtoisie de mon visiteur. Il a jeté un regard circulaire sur la grande pièce, et, comme je lui faisais vaguement signe de s'asseoir, il s'est installé aussi vite dans le fauteuil bleu d'Anne-Marie, et ça m'a gênée de le voir là.

Il est tout de suite entré en matière.

« Voilà ce que je tenais à vous dire, madame Werner : vous êtes absolument hors de cause en ce qui concerne la mort de la victime. Je dis bien *la mort.* Les analyses du médecin légiste font remonter le décès à une heure du matin, dimanche. Vous étiez à Paris. Nous avons vérifié. De plus la mort est due à un arrêt cardiaque consécutif à l'absorption de produits toxiques et d'alcool. L'homme est un toxicomane déjà connu de nos services. Nous avons malheureusement un fichier fourni de tels individus pour la seule région de Quimper. Rien de tout cela, apparemment, ne vous concerne. Cependant comment cet homme est-il entré ? Il n'y a aucune trace d'effraction.

« Vous auriez dû me dire, madame Werner que, l'été, vous louez votre maison ! Depuis six ans, m'a dit votre agent immobilier. Ça en fait du monde à avoir eu les clés !

– Mais je…

– Ce qui nous intrigue, c'est qu'en plus des vôtres, la chambre est pleine d'empreintes d'une autre personne, qui vraisemblablement accompagnait la victime cette nuit-là.

– Je…

– Encore une fois, c'est à titre de témoin que vous êtes interrogée et vous avez obligation de nous aider… »

Il me regardait sévèrement, lové de façon confortable dans le fauteuil de maman. Dans sa bouche, le terme de *témoin* n'était pas rassurant. Moi aussi, je le regardais, et, malgré le malaise grandissant que je ressentais, je ne pouvais m'empêcher de le trouver séduisant.

Puis, tout à coup : « Je peux fumer ? », a-t-il demandé et, sans attendre ma réponse, il a sorti d'une de ses poches la petite boîte de cigarillos que je connaissais. Tandis qu'il procédait avec élégance à l'allumage de son cigare, j'ai pensé que je devais lui proposer un café.

Non, merci. Il venait d'en prendre un.

Je me suis assise un peu niaisement dans le second fauteuil, prenant conscience que jusque-là, je m'étais tenue debout. Il absorbait déjà sa première bouffée de tabac sans me quitter des yeux.

Puis, une seconde plus tard, de sa voix étonnamment précise, mais pleine de douceur – et la question m'a fait l'effet d'un coup de théâtre :

« Vous m'avez bien dit que vous avez une sœur, madame Werner ? Armelle Werner, de cinq ans votre cadette ? Et toujours vivante ? »

Je me suis sentie pâlir.

« Vivante ? Oui, je le crois, ai-je acquiescé d'une voix faible. (Non, ce n'est pas possible, pensais-je en même temps. Le cauchemar n'allait pas recommencer ?)

– Connaissez-vous son adresse exacte ? Vous nous avez dit, dimanche soir qu'elle vivait... en Angleterre ? C'est ça ?

– Oui, mais je ne sais pas exactement où à présent... À Londres, me semble-t-il... Nous ne nous voyons plus depuis longtemps... »

L'inspecteur a eu un curieux petit geste de la main, comme agacé, et il s'est levé. Très calme, son cigarillo inachevé à la main, il m'a juste dit :

« Eh bien ce sera tout pour aujourd'hui, madame Werner. Bien entendu vous restez sur place. Pensez à m'appeler si jamais vous retrouvez cette adresse ? »

Je l'ai raccompagné jusqu'à la porte. Et, au moment de sortir, il a fait un pas en arrière pour me dire, très doucement : « Vous n'ignorez pas, je suppose, les ennuis que votre sœur avait eus, ici même, dans sa jeunesse, pour consommation de produits illicites, et plus tard à Paris, plus sérieusement, n'est-ce pas ? »

Je ne sais pas ce que j'ai alors balbutié. J'avais perdu le contrôle de moi-même. Le policier remontait déjà dans sa voiture. Il n'a pas relevé.

Et si, vraiment, Armelle était revenue ?

Armelle, ma sœur, mon enfant terrible, ma victime, mon bourreau ! Il fallait donc venir ici pour remuer le vieux chagrin ! Et que ce soit par l'entremise de cet homme si étranger à ce que nous sommes, à ce que nous avons vécu !

Armelle, petite sœur si étrangère à la famille où tu étais arrivée de si surprenante façon ! Armelle si différente de moi, de nous ; Armelle, petite sauvage qui ne ressemblais, sombre de cheveux et de teint et d'âme, ni à ton père, si blond, si léger, ni à ta mère, cette rousse à la peau blanche, au verbe et à l'esprit froids.

Armelle dont on pouvait se demander d'où elle venait…

Armelle, détruite, perdue, et maintenant si curieusement réapparue !

Cette fois il fallait que je sorte, que j'échappe à l'odeur de cigare qui flottait encore dans la pièce et au souvenir des paroles entendues. Pour te retrouver, Armelle, pour me retrouver moi-même, il fallait que je parte marcher sur la plage, comme autrefois, et peut-être qu'alors, en me racontant tout doucement l'histoire, je comprendrais, je saurais.

J'ai claqué la porte de la maison derrière moi. Le boulevard de l'Océan était vide à cette heure matinale. J'ai traversé la rue, descendu les quelques marches de pierre. La plage s'étendait là, inchangée. Loin du monde. Et c'était déjà pour moi comme une respiration.

La marée était très basse. Le sable humide et plat étincelait. Au loin, cet éblouissement vert, rectiligne, c'était la mer.

J'ai ôté mes sandales et commencé à marcher vers Sainte-Marine. Comme avant. Comme au temps où la vie était innocente. Il n'y avait personne à perte de vue sur la plage, en tout cas jusqu'au tournant du Manoir que nous appelions aussi « la maison des Belges » depuis qu'une famille nombreuse de Bruxelles l'avait achetée. Au loin, sur les rochers que la marée descendante avait dégagés, des gens pêchaient par deux ou trois, courbés sur leur épuisette, fouaillant silencieusement le goémon. Je me souviens combien, autrefois, j'enviais ces groupes de pêcheurs de crevettes, taiseux, affairés, concentrés sur leur quête. Anne-Marie avait bien tenté de nous équiper, ma sœur et moi, quand nous étions petites, du matériel adéquat, mais ça nous ennuyait, la crevette. Ou plutôt, ce n'était pas la crevette qui nous ennuyait, c'était d'y aller seules et d'être là comme des malheureuses quand les autres, ensemble, semblaient si bien s'amuser. Or nous ne connaissions personne, et maman, quand elle venait à la plage, se contentait de rester allongée sur le sable avec un livre, nous chassant, si nous rôdions autour d'elle, d'un impérieux : « Mais enfin, allez-y, faites comme les autres ! », nous désignant les pêcheurs d'un geste incitatif. Et, quand nous revenions bredouilles, moroses : « Ce que vous êtes gourdes, mes pauvres filles ! », concluait-elle dans un haussement d'épaules avant de se replonger dans sa lecture.

Quant à notre père, l'idée ne nous serait pas venue de lui demander de prendre une épuisette pour nous escorter. Albert avec une épuisette ? Impensable ! Aussi inimaginable que de le traîner dans un restoroute. Chaque matin, il partait de bonne heure marcher, seul, sur la plage déserte. Au retour de ces promenades, il nageait un moment au large, puis rentrait déjeuner à la maison. Paresser avec nous sur la plage, l'après-midi, comme Armelle et moi, accompagnées de maman, avions l'habitude de le faire ? Jamais. Il n'aimait pas rester immobile au soleil sur le sable à la manière des gens occupés à bronzer en maillots. S'il nous rejoignait, c'était en pantalon de toile et polo ; il restait quelques temps assis sur le sable à côté de nous, mais sans nous parler, occupé à dessiner sur son carnet. J'adorais ces petits croquis, le plus souvent caricaturaux, qui prenaient pour cible tel gros monsieur en bermuda ou telle dame à prétentions ; ou, d'un crayon plus tendre, des enfants en train de jouer, ou un chien assoupi sous un parasol. Il n'appréciait pas trop, mon père, le peuple des plages. La rumeur paresseuse et lourde des après-midi de soleil lui pesait. Très vite il s'en allait. « Où pars-tu encore ? », demandait maman d'une voix lasse. « Travailler ! », répondait-il. Tant de brièveté et d'élégance me ravissait. Même si j'étais triste de le voir disparaître.

Voilà ce qu'elle me rappelle, la plage. Ces images d'avant le vrai départ de mon père. Elles évoquent, pour moi, ce qu'on appelle le bonheur. Mais assez de fantaisies. De complaisances. De souvenirs mièvres. Venons-en aux faits dans leur dureté. À l'histoire d'Armelle.

J'ai un souvenir confus, inexistant à vrai dire, des circonstances de la naissance d'Armelle. Je n'avais pas remarqué la grossesse de ma mère : j'ai déjà dit que je ne voyais pas sa personne. Bien différente en cela de mes camarades de classe, pour la plupart fières de la beauté ou de l'élégance de leur mère, je ne m'intéressais pas à l'apparence de la mienne. Qu'elle ait eu le ventre déformé pendant des mois ne m'avait pas frappée. La survenue du bébé ne m'a pas davantage émue, juste un peu dérangée dans mes habitudes. Cette enfant prenait de la place et faisait du bruit, ce qui me gênait. Quant à Albert, comment avait-il réagi à cette naissance ? Je ne saurais dire. Dans la mesure où, à Paris, il passait beaucoup de temps dans son atelier, et en Bretagne dehors, à marcher dans la campagne ou le long de la mer, il était moins incommodé que moi. De toute façon, s'il l'était, il ne le montrait pas. Je ne me rappelle pas avoir jamais vu mon père en colère, ou simplement agacé. Mais j'ai tout de suite compris que ce bébé ne l'intéressait pas. S'est-il jamais penché sur le berceau, comme j'ai appris plus tard que les jeunes pères le font ? On aurait pu croire qu'il n'avait pas même remarqué la présence de la nouvelle venue. Je n'en demandais pas davantage : j'étais et demeurais pour lui la bien-aimée. La seule.

Elle n'était pas belle, objectivement, cette petite fille trop brune, maigrichonne. Même Anne-Marie (je pourrais dire Anne-Marie surtout) regardait avec surprise et un rien de dégoût ce nourrisson à la peau jaune qui lui était venu. Seule Berthe s'extasiait sur ce teint qu'elle assurait breton, et elle avait tenu à être la marraine de l'enfant. C'est elle qui lui avait trouvé ce prénom d'Armelle.

Non, je ne l'aimais pas, la pauvre petite. Mais c'est un peu plus tard que j'ai commencé de la détester. Dans la mesure, peut-être, où j'avais davantage pitié d'elle, car je comprenais mieux son malheur. Sa disgrâce, je la sentais presque de l'intérieur.

Le départ de mon père m'avait déchirée, mais j'essayais de n'en rien montrer. Je jugeais sévèrement l'attitude de maman, la violence de son désespoir, écho trop visible du mien. La crise nerveuse qu'elle a d'abord traversée, loin de me toucher de la manière qu'il eût fallu, me troublait, m'effrayait, me dégoûtait. Je ne voulais pas lui ressembler.

Et Armelle, pourrait-on se demander, comment l'avait-elle-vécu, ce départ du père ? Sur le moment, j'y ai à peine songé : Albert lui manifestait – elle avait alors cinq ans – si peu d'affection, ou même d'intérêt. Mais le cœur d'un enfant est mystérieux : le dédain de cet homme, sa froideur la touchaient peut-être plus profondément que de banales manifestations de tendresse, et sa disparition l'a peut-être beaucoup plus émue que je ne pouvais l'imaginer. Toujours est-il que dans l'atmosphère de drame que nous vivions en cette fin d'été, la petite, désorientée, reportait tout son besoin de tendresse sur sa mère qui, en pleine dépression, n'en avait que faire et était moins disposée que jamais à l'aimer.

J'ai le souvenir encore vivant de la gamine errant un après-midi au premier étage de la maison et grattant en vain à la porte fermée d'une mère sourde à ses appels. Et moi je n'en avais pas pitié, de cette laide enfant ; j'avais assez à faire de mon chagrin. Celui de ma sœur, fût-il en miroir du mien, ce que je ne voulais pas imaginer, m'insupportait. Lasse de l'entendre appeler en vain et tambouriner de ses petites mains à la porte inaccessible d'Anne-Marie, je me suis bornée à aller chercher Berthe, occupée à la cuisine. Je me rappelle précisément la scène, la vieille dame s'empressant de monter au secours de l'enfant en larmes, la prenant dans ses bras, la berçant de douces paroles : « Ah, ma pauvre chérie, on t'oublie ! Mais tu vois, grand-mère est là pour toi ! Elle est toujours là pour son Armelle ! », et elle redescendait avec la petite, l'installait dans la cuisine devant un bol de chocolat. Là, tout en reprenant la besogne interrompue, elle se livrait à un étonnant discours adressé autant à elle-même qu'à l'enfant délaissée. Je crois l'entendre, cette bonne Berthe ! Elle aussi m'exaspérait. C'était moi qui l'avais appelée, et je trouvais déjà qu'elle se mêlait de ce qui ne la regardait pas. Que pouvait-elle entendre à notre histoire ?

Est-ce alors, dans ce climat de drame, que j'ai commencé à penser que si Armelle n'était pas née mon père ne serait pas parti ? Que tout était de sa faute ? N'était-ce pas elle qui avait tout dérangé ? N'était-ce pas depuis sa naissance que la mésentente entre mes parents était devenue insupportable ?

Est-ce même à ce moment que j'ai eu pour la première fois le soupçon que cette enfant différente de nous, et comme étrangère, n'était pas leur fille ? Une enfant trouvée, adoptée ? J'étais à l'âge de ce genre de roman.

C'est bien plus tard, des années plus tard, que je me suis demandé avec plus de raison si, en tout cas, Armelle était bien la fille d'Albert. Si Anne-Marie, dans un mouvement de révolte du dédain où la tenait son mari, de l'abandon où elle se trouvait (en dépit de mon innocence, j'avais vu et compris bien des choses de leur vie de couple), n'aurait pas eu, ici ou là, une aventure avec le premier venu ? Se découvrant enceinte, elle aurait gardé l'enfant par bravade, ou même dans le fol espoir de pouvoir ainsi retenir un mari qu'elle savait prêt à la quitter ? Si cette dernière hypothèse était la bonne, comme elle l'aurait alors détesté, ensuite, ce bébé qui n'avait servi à rien !

Si froide que fût ma mère avec moi, si peu affectueuse, sa dureté à l'égard d'Armelle m'a toujours frappée ; elle révoltait Berthe pourtant en adoration devant sa fille. « Anne-Marie, je t'en prie ! Ce n'est qu'une enfant », s'écriait la pauvre femme devant sa brutalité verbale et parfois physique à l'égard de la petite. On aurait cru parfois qu'Anne-Marie en voulait à son enfant d'exister, d'être là. Qu'elle ne supportait pas sa présence physique, reprochant sans cesse à la petite fille d'être « dans les jambes des gens ». L'enfant n'était-elle pas pour elle un vivant constat d'échec ?

Cette idée, tardivement formulée, d'un adultère possible de la femme d'Albert, je n'ai jamais cherché à l'étayer ni à la justifier. Cependant je crois que, dans la confusion de mes années d'adolescence, elle m'agitait déjà plus ou moins consciemment.

C'est à l'approche de sa propre puberté que ma sœur a commencé de m'insupporter. Tout en elle m'irritait, me dégoûtait. Je me moquais de ses boutons d'acné, de ces cheveux gras, de son odeur, de sa maladresse. Le plus étrange est que, tout en la malmenant, je souffrais pour elle. Et j'avais honte de mon injustice : Armelle n'était pas laide, ni particulièrement disgraciée, mais singulière, abandonnée à elle-même, malheureuse, et j'avais la cruauté de l'humilier !

À Paris, rue Lecourbe, et au lycée, où elle était dans une petite classe quand je passais le bac, je pouvais relativement l'ignorer. Mais dans la maison de Bretagne, où nous filions dès le premier jour des vacances, nous vivions, faute d'activités et de relations, en vase clos. Là, elle devenait ma victime, et celle de sa mère qui prétendait voir en elle tous les défauts de « l'âge ingrat » et le lui répétait à loisir.

J'avais fait sur la plage où nous allions souvent seules, Armelle et moi – j'avais dix-sept ans, elle douze –, la connaissance d'un groupe de garçons et de filles de mon âge. Anne-Marie les trouvait bruyants, et ne voulant pas être dérangée, ne venait plus sur la plage ; pour les mêmes raisons, la petite bande n'avait pas accès à la maison. Plusieurs fois, en revanche, nous avions été invitées chez les uns ou les autres, en l'absence de leurs parents. J'avais trouvé le moyen de faire de ma jeune sœur, timide et gauche, leur tête de Turc. Et une esclave docile de leurs jeux secrets, plus ou moins érotiques. Je l'ai compris à quelques mots échappés à certains. Comment ai-je laissé faire ? Étrangère à ces plaisirs, j'affectais de ne rien savoir. Alors que je voyais de semaine en semaine la transformation douloureuse du petit visage de ma sœur et la métamorphose de son corps. J'en éprouvais un plaisir cruel. Et paradoxalement amer.

Armelle avait quinze ans quand elle a fait sa première grave crise de nerfs, chez nous, dans la maison du boulevard de l'Océan. À l'origine une colère subite, presque sans raison, du moins ai-je oublié laquelle. Elle était vite devenue comme folle, éructant et bavant ; on ne comprenait rien à ce qu'elle hurlait. Puis elle était brusquement tombée, se roulant sur le sol de la salle à manger, donnant des coups de pied à qui approchait. Anne-Marie, qui était présente – nous venions de déjeuner –, mais n'avait garde de s'avancer, haussait les épaules, parlait de comédie. Berthe, affolée, voulut appeler un médecin, mais aucun n'était joignable, c'était dimanche, comme par hasard. Finalement, avec un somnifère – des somnifères, Dieu sait qu'il y en avait dans cette maison – la petite s'est calmée. Le lendemain, la grand-mère et la mère (oui, Anne-Marie cette fois s'est dérangée) sont allées conduire la jeune fille chez un généraliste de Pont-l'Abbé. Pourquoi pas le médecin de famille, sur l'Île? Sans doute par honte de parler de ces choses à quelqu'un d'ici. Cet homme ordonna des médicaments. Forts. Très forts. C'est plus tard, quand j'ai vu ma sœur, abrutie de neuroleptiques, passer ses journées à pleurer, quand elle ne dormait pas, que j'ai pris peur. D'autant que, le traitement suspendu, les crises ont repris. Cette fois devant le petit animal tressautant que devenait alors Armelle, devant son visage en sueur, ses mains tremblantes, c'était une pitié sincère que je ressentais pour elle, et même de la tendresse. Mais s'y mêlait secrètement l'intime et mystérieuse satisfaction de la voir réduite à cela. J'ai honte aujourd'hui de faire pareil aveu. Elle, dans son délire, je me le rappelle, ne me voyait pas, ne me reconnaissait pas. Comme si, d'instinct, elle savait combien je lui étais étrangère, voire hostile, et combien peu elle pouvait compter sur moi. Sa mère, effrayée, dégoûtée, se retirait alors dans sa chambre. Berthe restait avec moi jusqu'à ce que l'accès se calme. Armelle dormait jusqu'au matin. Au réveil elle ne se souvenait de rien.

À Paris, Anne-Marie lui a fait suivre une psychothérapie pendant trois ans. Au début très réticente, l'adolescente s'est ensuite attachée à son analyste, une femme d'une cinquantaine d'années. Tout semblait aller mieux. Il n'y avait plus de crises voyantes. Le comportement d'Armelle s'était normalisé. Notre mère était d'autant plus rassurée que sa fille, jusque-là élève médiocre dans toutes les matières, s'intéressait tout à coup avec succès à l'anglais, et voulait, après le baccalauréat, l'étudier en faculté. C'était parfait. Anne-Marie, charmée, offrit à la future étudiante l'œuvre de James disponible en collection de poche.

Cette année-là, les vacances en Bretagne furent calmes, presque joyeuses. Armelle ne parlait pas beaucoup et affichait un visage faussement souriant. Son regard fuyait. Mais personne ne s'en étonna. On avait la paix.

C'est par hasard que je découvris qu'elle se droguait.

Cet après-midi-là, j'étais entrée en coup de vent dans sa chambre, sans frapper, cherchant un livre. Elle n'y était pas. J'ai tout de suite vu sur la table de nuit une seringue, une coupelle, un petit sachet de poudre blanche. Elle est arrivée au même moment. Elle a vu mon regard. Interdite, inquiète, elle m'a fait promettre de ne rien dire à notre mère « qui n'avait pas besoin de ça, la pauvre ». Elle m'assura que c'était accidentel, sans gravité, elle n'était pas une vraie toxicomane ; elle ne verrait plus le garçon qui l'avait initiée, il était reparti à Lyon, où il vivait. Non, je ne devais pas inquiéter maman pour si peu ; d'ailleurs elle avait dix-huit ans, elle était majeure.

Lâchement, je promis de me taire. Je ne voulais pas d'histoires. J'en avais assez des histoires de cette famille.

À Paris, en septembre, Armelle voulut prendre une chambre indépendante, pour se rapprocher, disait-elle, de la fac. Nous n'avions pas d'argent : Anne-Marie refusa. Ma sœur trouva une chambre de bonne, rue Monge, moyennant la surveillance quotidienne des devoirs d'une petite élève du primaire. Je ne suis allée la voir là-bas qu'une fois ou deux. Elle ne me cacha pas qu'elle vivait plus ou moins avec un garçon plus âgé qu'elle ; il la fournissait en drogue. Je compris aussi qu'elle se prostituait ici et là pour payer ses produits, héroïne, morphine. D'ailleurs elle finit par me le dire elle-même, dans un éclat de rire, tournant en dérision mes réserves *bourgeoises* sur la question. Naturellement, je ne dis rien à Anne-Marie. Qu'est-ce que ça aurait changé ? pensai-je pour me donner bonne conscience. Je ne sais pas dans quelle mesure ce que je découvrais de la vie de ma sœur – et considérais comme dégradant et dangereux, sa mine me paraissant désastreuse – ne m'emplissait pas, en même temps que d'une pitié dégoûtée, d'une sorte de satisfaction. C'était, oserai-je me l'avouer, comme une revanche plus ou moins consciente.

Je terminais mon droit quand Armelle, à l'issue de sa deuxième année de faculté à Paris, décida de poursuivre ses études en Angleterre, à Londres. Sa mère d'abord, s'y opposa, objectant la dépense. Mais vu le peu de ressources de la famille, ma sœur obtint une bourse sur la foi de ses notes brillantes, et elle s'engagea à travailler pour payer ses frais d'entretien. « Ne t'inquiète pas, me dit-elle, je ne vous coûterai rien ! » Anne-Marie, qui n'était pas fâchée de se débarrasser de sa fille, ne fit pas obstacle à sa décision. De toute façon la petite était largement majeure et affirmait être en mesure de se suffire à elle-même. Et tout le monde était content de cette séparation. On convint cependant, condition purement formelle, chantage faussement affectif, que l'exilée continuerait à passer les vacances d'été en Bretagne avec nous. Du moins la première année. On était en 1998 : Armelle promit.

Ce seraient ses dernières vacances sur l'Île.

Berthe était morte l'année précédente, âgée de quatre-vingt-deux ans. Décidément quelque chose se terminait dans la maison du boulevard de l'Océan. Je me rappelle le sentiment de vide, d'absence de ces étés où j'ai persisté, moi, à rejoindre ma mère là-bas, encore plusieurs années, jusqu'en 2008. Même aujourd'hui je me demande pourquoi, au nom de quelle folie, jouant la vieille fille escortant sa mère. Et comment, et pourquoi j'ai cessé de le faire. Les deux dernières années de sa vie, en effet, j'ai laissé Anne-Marie partir seule sur l'Île. Seule dans ce qu'elle affectait d'appeler, elle, « la maison d'été », comme les Russes parlent de leur datcha. Moi, je ne voulais plus. La maison de Bretagne, c'était au-delà de mes forces : trop de souvenirs, sans doute, mais je ne le formulais pas ainsi.

La dernière fois que j'ai vu Armelle, c'est aux obsèques de notre mère, à Paris, en 2010 il y a presque sept ans. Je n'avais pas rencontré ma sœur depuis longtemps, douze années, son dernier été sur l'Île, nos dernières vacances ensemble. Douze ans, au cours desquels elle n'a pas donné signe de vie. Si, un mot pour Noël, adressé à maman. Et moi, je n'ai pas fait le moindre effort pour m'enquérir d'elle.

C'était étrange de se retrouver en pareilles circonstances. Pas même un enterrement d'ailleurs, une incinération. Nous étions pratiquement seules au crématorium : deux anciennes collègues d'Anne-Marie, la secrétaire du lycée, mon ex-petit ami, Denis, et le délégué syndical du bureau AXA. Qui d'autre ? Si l'on songe à la manière dont nous avions vécu ? N'étions-nous pas des asociales, des moniales, des veuves ?

J'ai été surprise de la transformation de ma petite sœur : d'abord elle semblait en bonne santé ; et puis elle avait embelli : mieux, elle était belle. Vraiment belle. Elle était habillée avec goût, élégance. Mais, surtout, il y avait dans son corps une assurance toute nouvelle et dans son regard une lumière que je n'y avais jamais vue.

Pourtant en me voyant, elle m'a opposé un visage fermé, une politesse glacée. Elle m'a embrassée du bout des lèvres. D'elle, elle ne m'a presque rien dit, sinon qu'elle travaillait à Londres dans une grande firme commerciale, qu'elle gagnait bien sa vie. Qu'elle était célibataire.

Quand, après la brève cérémonie, j'ai proposé qu'elle vienne chez moi, que nous parlions un peu, elle a éludé, prétextant un emploi du temps chargé pour son bref passage à Paris. « Non ; s'il te plaît, a-t-elle ajouté en me regardant soudain dans les yeux, pas d'hypocrisie entre nous, Claire, ce n'est pas la peine ! Rien n'est oublié, tu le sais ! » Et, bizarrement elle m'a souri. C'était, comment dire ? Un sourire de complicité, presque d'amitié, mais infiniment triste. Puis elle a tourné les talons sans même m'embrasser, cette fois. Je dois dire que cela m'a fait mal, comme si, tout à coup, elle était ma vraie sœur, et que je la perdais.

Par la suite je lui ai écrit. Une assez longue lettre. Je n'ai pas reçu de réponse. Peut-être avais-je mal rédigé l'adresse qu'elle m'avait laissée en partant, griffonnée sur une carte minuscule ; elle venait, disait-elle, d'emménager.

Armelle revenue ? Mais non, c'était absurde.

Je suis rentrée à la maison en marchant lentement. La plage était toujours déserte et c'était bon, dans le silence, d'entendre le petit bruit des vaguelettes, là-bas, au ras de l'eau qui se rapprochait, et le crissement de mes pas sur le sable. À un moment, il y eut le croassement bref d'un corbeau. Je me suis retournée pour le plaisir de voir encore une fois avant de rentrer, au-delà de la longue plage blanche, la courbe bleutée du contrefort de Sainte-Marine, et, plus loin encore, l'esquisse de ce qui devait être Bénodet.

Déjà se précisait sur ma droite la blancheur des maisons de l'Île. La marée avait tellement monté que l'eau mordait le sable à quelques mètres de moi. Des mouettes, posées sur les vagues, se laissaient paresseusement pousser vers la plage. Et il y avait dans ce mouvement, dans le bruissement léger de l'eau passant sur les coquillages laissés par la marée précédente, une douceur surprenante. Une douceur que j'avais oubliée. Que je n'avais peut-être jamais ressentie aussi profondément.

Armelle revenue ? Bien sûr que je l'espérais.

Comme j'arrivais au boulevard de l'Océan, j'ai vu de loin qu'il y avait des gens devant la maison, quelques personnes qui scrutaient avec curiosité la façade aux volets ouverts. Quelqu'un cherchait même à voir à travers une fenêtre du rez-de-chaussée. L'article du *Télégramme* avait porté ses fruits.

Mieux valait fuir. Je gagnai discrètement ma voiture et démarrai. Il était presque 13 h 30. J'avais faim ; le mieux était d'aller déjeuner dans une crêperie de Pont-l'Abbé. Au moins, là-bas, personne ne me connaissait.

J'avais oublié la mélancolie de la petite ville, grise même par beau temps. C'étaient tous ces toits d'ardoise haut perchés qui l'assombrissaient, coiffant des immeubles de deux ou trois étages, collés les uns aux autres, penchés sur de petites places et des rues étroites ; et aussi les arbres – si absents de notre Île lumineuse –, mais ici en nombre, larges platanes, marronniers généreux, tilleuls dont le feuillage déjà flétri tamisait le jour hésitant d'octobre. Des cohortes de voitures – en trois jours j'avais presque oublié cette grisaille –, stationnées le long des trottoirs, entassées sur les deux parkings du centre, achevaient d'obscurcir l'atmosphère.

Il n'y avait personne dans les rues : l'heure du déjeuner ramenait les gens chez eux, hors-saison beaucoup de restaurants étaient fermés. Mais j'ai retrouvé la crêperie où, autrefois, nous allions avec maman et Armelle, dans une petite rue de côté. Rien n'avait changé – l'enseigne, une Bigouden à haute coiffe – était toujours là, mais vu la maussaderie du temps, il n'y avait personne en terrasse.

Un instant, c'est pourtant là, assises à l'angle de la terrasse, que je les ai revues, Anne-Marie et ses deux filles, alors presque aussi grandes qu'elle. Comme un vieil instantané, persistant dans la mémoire. La dernière image, peut-être, d'une vie familiale aux apparences normales. Moi, dix-neuf ans peut-être, Armelle quatorze. Toutes les trois en robes d'été de même style, classique, de bon goût bourgeois. Toutes les trois encore à peu près à l'unisson. C'est un peu plus tard qu'Armelle commencerait de s'affranchir par sa mise et ses propos ; se mettrait à « détonner » ;

mais alors, nous n'irions déjà plus au restaurant ensemble, ni ailleurs, tant Anne-Marie était peu soucieuse de l'exhiber.

J'ai cru entendre la voix de ma mère, tranchante et déjà ennuyée : de toute évidence elle se dévouait à sortir ses filles.

« Alors, les enfants, qu'est-ce que vous prendrez ? Jambon-fromage, Claire, comme d'habitude ? Et toi Armelle, que vas-tu trouver pour te singulariser ? » La serveuse malingre, debout à côté de notre table, prenait note de la commande, non sans nous avoir jaugées d'un coup d'œil, je le voyais bien. Elle savait, elle avait deviné que dans cette famille-là, quelque chose n'allait pas. Et j'étais son regard, sa complice.

Est-ce que nous parlions à table, lors de ces rares sorties ? Je ne sais pas. Je ne sais plus. Le regard de maman, entre deux bouchées, fixait quelque chose au-dessus de nos têtes, un point imaginaire, le même sans doute qu'elle cherchait lors de nos interminables et pourtant frugaux repas à la maison de l'Île. Armelle, absente, tête baissée sur son assiette, semblait plongée dans un rêve intérieur.

Comme un choc pour moi de retrouver ces images.

Je me suis installée à l'intérieur. La salle, ombreuse, était aussi déserte que la terrasse. Assise à une petite table près du comptoir, j'ai vite commandé ma crêpe – jambon-fromage, bien sûr, maman –, et, je ne sais pourquoi, j'ai eu tout à coup envie de pleurer.

Je me suis dépêchée d'avaler et de payer, de fuir cet endroit.

J'ai repéré en sortant l'enseigne d'un supermarché à proximité et j'ai décidé de faire des courses alimentaires pour plusieurs jours. Combien au fait ? Combien de jours me restait-il à passer ici ? Combien de temps la police aurait-elle besoin de me garder ? Demain, ce serait déjà mercredi ! Comme tout cela avait passé vite. Je me suis surprise à compter en jours de vacances. Comme autrefois.

Le tour du supermarché m'a presque amusée ; je retrouvais le souvenir de ces expéditions alimentaires dont, Berthe devenue trop âgée, Armelle et moi avions seules la charge. C'était pour nous comme une évasion, pas du tout une corvée, ces fameuses courses hebdomadaires. Et, soudain, j'ai revu l'Armelle des bons moments de son adolescence. Je crois bien que c'est la seule occasion où je la voyais un peu gaie, ma petite sœur. Gaie d'une vraie gaîté, pas celle de l'ivresse que je devais lui connaître plus tard. Ni de la surexcitation de la drogue. Les jours de courses, nous gagnions à bicyclette un petit supermarché à trois kilomètres de l'Île, à Combrit – sur nos deux vieux vélos, rouillés et démodés –, mais dès que j'ai eu le permis, nous avons pu prendre la voiture de maman. Malheureusement, c'est là aussi, au supermarché, que nous retrouvions parfois les garçons de la plage, ceux qui ont longtemps tourmenté la pauvre fille.

Claire-l'obscure, comme m'a surnommée un jour maman dans un moment d'expansion, voilà qui m'allait bien. Anne-Marie était d'une redoutable lucidité. Seulement les terribles choses qu'elle comprenait semblaient lui être indifférentes.

J'ai entassé mes provisions dans la voiture en songeant à tout ça. Est-ce que tu me vois, Armelle, depuis ta lointaine Angleterre ? Tu te rappelles nos fous rires, cette jeunesse qu'il y avait en nous, la meilleure part, je crois, et ces rares instants où, malgré tout, nous avons été sœurs ?

Ta voix soudain retrouvée. Qui me vrille le cœur.

Quand j'ai été de retour à l'Île, déjà la lumière avait baissé, et le soleil de six heures projetait sur l'Étang des reflets verdâtres, tandis que le ciel commençait imperceptiblement de rosir. Il y avait dans l'air un parfum presque oriental d'eucalyptus.

Je suis revenue à la maison sans croiser personne qu'un vieil homme traînant un caddie. Sans doute venait-il de l'épicerie. Il a jeté un regard suspicieux sur ma voiture immatriculée à Paris. Son visage ne m'était pas inconnu, mais j'aurais été incapable de lui donner un nom ou même de le situer. En six ans les habitants de l'Île avaient changé, passant d'une catégorie d'âge à l'autre, et mon regard était aussi devenu différent. Je ne reconnaissais personne de ces gens que de, toute façon, je n'avais jamais essayé de connaître. Je n'étais plus d'ici. L'avais-je d'ailleurs jamais été, même comme résidente d'été ? ce qui déjà ne veut pas dire grand-chose. Quand je voyais des vacanciers s'habiller en pêcheurs et entraîner l'un ou l'autre des anciens au café pour « faire copains » ça me faisait rire.

Le parking du boulevard de l'Océan était quasi inoccupé. Devant la maison, grâce au ciel, il n'y avait plus aucun rassemblement.

J'ai tranquillement déchargé le produit de mes courses – tous ces vivres pour les jours à venir de ma semaine – du coffre de la voiture dans la maison. Ça faisait comme si je m'installais, comme si la vie était normale. Mais, en passant devant la porte de l'ancienne chambre de Berthe, impossible d'ignorer la tache rouge des scellés. Elle était là. Pour le cas où ma mémoire se fût montrée défaillante.

Tandis que je remplissais l'antique réfrigérateur – encore un sujet des réclamations de mes locataires – je pensais aux retours de courses d'autrefois, les derniers étés qu'Armelle avait partagés avec nous.

Berthe disparue, c'était maman qui fixait le menu et faisait la cuisine. Seules les courses nous incombaient à ma sœur et à moi, comme depuis toujours. Mais peu à peu, Anne-Marie, nous abandonnant les rênes du pouvoir, s'est déchargée de tout. Je crois que plus rien de la vie matérielle ne l'intéressait. La dernière chose à laquelle elle tenait – et là-dessus elle était intraitable, c'étaient les horaires, l'heure des repas ; et d'une façon générale, l'horloge. On aurait dit que l'heure était la seule chose qui la rattachait au monde des autres. On se demande alors pourquoi la sonnerie des cloches de l'église la mettait hors d'elle ? Le déjeuner était à une heure, le dîner à sept. C'était comme ça. Seul le petit déjeuner restait au gré de chacune. Je me souviens de ces derniers étés ensemble. En particulier du dernier été où Armelle était encore là.

Le matin Anne-Marie se levait tard, lisait longtemps dans son lit, prenait dans sa chambre le thé monté la veille au soir dans une thermos. Elle n'apparaissait pas avant midi.

Pendant ce temps, ma sœur et moi, maîtresses des lieux, nous jouions à vivre. Les courses, le retour des courses, le joyeux désordre des préparatifs culinaires nous occupaient. Penchées sur le livre de recettes de la défunte Berthe, nous faisions comme si tout allait bien. Comme si nous étions une famille ordinaire. Les ressentiments semblaient oubliés. J'essayais de ne plus penser à ce que je savais de fâcheux, d'inquiétant, de la vie d'Armelle. Elle le savait. C'était triché, mais ça n'avait pas d'importance. Ce moment était à nous. Rappelle-toi, Armelle, comme, alors, nous étions sœurs.

Du premier étage, le matin, ne venait jamais aucun bruit. Au point que, parfois, j'ai eu peur. Elle était tellement étrange, notre mère. Quelle idée pouvait lui passer par la tête ? Enfin, vers midi, on entendait frémir la tuyauterie de la salle de bains. Nous mettions la table, cette longue table familiale qui, aujourd'hui, me semble démesurée. À treize heures pile, maman apparaissait. Impeccable et froide. Ses courts cheveux roux, maintenant striés de blanc, soigneusement coiffés. Très pâle, puisqu'elle ne portait aucun maquillage et n'allait plus à la plage depuis longtemps.

L'après-midi, elle s'installait à lire près d'une fenêtre ouverte, ou nous disait brusquement : « Je sors », et disparaissait sans autre explication. S'il faisait beau, elle allait marcher *côté rivière*, peu fréquenté ; ou bien elle s'installait avec un livre sur le haut de la grève, adossée au mur d'une des propriétés qui la bordent. Elle portait un chapeau de paille informe pour se protéger du soleil. Il ne nous serait pas venu à l'idée d'aller la retrouver ; elle entendait être seule. Une fois je l'ai aperçue de loin. Je crois qu'elle ne m'a pas vue. Je ne lui ai pas fait signe.

Tout cela qui revient en désordre à propos du retour des courses et de l'emploi de notre matinée en ce temps-là, dans la maison du boulevard de l'Océan. Les souvenirs surgissent, comme d'une vieille pelote de laine dont on tire un fil et c'est plusieurs qui vous arrivent à la fois, et chacun est une surprise dont vous ne savez pas si elle sera douce ou cruelle.

Mes rangements terminés, je me suis machinalement assise dans le fauteuil de maman. Je songeais, sans m'apercevoir que la nuit tombait. C'était tout à fait comme avant. Trop comme avant.

La salle était déjà à demi obscure quand je me suis levée pour allumer la lampe posée sur la cheminée.

C'est à ce moment que mon portable a sonné. C'était le jeune journaliste. J'avais bien oublié qu'il m'avait annoncé sa visite. Il demandait s'il pouvait passer, s'il n'était pas trop tard ? Bien sûr qu'il le pouvait. Où se trouvait-il ? Rue des Dentellières. Il habitait là, je l'avais oublié...

J'ai souri au souvenir retrouvé, et c'est bien sûr l'Armelle de sept ans, cette fois, qui m'est apparue, avec ses cheveux noirs en bataille, courant se cacher dans la petite rue tandis que je comptais jusqu'à dix d'une voix grave.

« Attends, Claire ! Tu comptes trop vite ! », essayait-elle de protester

Je t'embrasse de loin, petite sœur. Tu l'as senti ?

Julien Legall était là. Et, comme je le faisais entrer en souriant, contente finalement de cette visite – il m'amusait, ce garçon aux cheveux roux –, il me demanda si j'étais satisfaite de son article. Bien sûr je l'ai félicité : c'était tout à fait ce qu'il fallait écrire, lui ai-je dit. Je l'ai brièvement mis au courant de ce que je savais de la suite de l'enquête et surtout du fait que j'étais à peu près hors de cause. « C'était sûr ! s'est-il exclamé, je n'en ai pas douté un instant ! »

Il a marqué un silence, et j'ai vu à son hésitation qu'il était embarrassé : en fait il venait, me dit-il, pour tout autre chose que son article.

Et, un peu gauchement, il m'a dit que sa mère, rue des Dentellières, l'avait chargé de me saluer de sa part. Pour elle c'était très important, elle avait insisté. C'est que, m'apprit-il, elle avait bien connu ma mère, et elle avait eu beaucoup de peine en apprenant sa mort, par la mairie, il y a six ans.

Devant mon air surpris, il m'a expliqué que c'était lors des deux étés que ma mère avait passés seule sur l'Île qu'elles avaient fait connaissance (ces fameux étés où je m'étais refusée à l'accompagner).

« C'est tout simple, m'a-t-il dit en riant, tout à coup plus à l'aise, ma mère est femme de ménage. Les dernières années, madame Werner, votre mère, avait beaucoup changé ; elle était trop fatiguée pour tenir sa maison – vous n'étiez pas là, elle était seule – il lui fallait quelqu'un pour faire le ménage, préparer ses repas, s'occuper d'elle… Elle a trouvé Yvonne. Yvonne, c'est ma mère. »

Je me suis tue, gênée, confusément coupable. Ma mère vieillie, fatiguée ? Je n'avais rien vu. Les quelques fois où, en cours d'année, j'étais allée la voir rue Lecourbe par une espèce de devoir. Je ne m'étais rendu compte de rien. Je ne m'étais posé aucune question. Je me souviens du jour de mars où je lui avais annoncé, comme si c'était quelque chose de naturel, que je ne viendrais pas sur l'Île cet été-là : « Ah bon ? », avait-elle dit. Rien de plus. Je n'avais rien noté dans son expression, ni émotion, ni inquiétude. J'étais tellement habituée à sa froideur, son impassibilité.

Pour la première fois, elle est donc partie seule en Bretagne, par le train, dès le mois de mai, et n'est même rentrée à Paris qu'à la fin de septembre. Je lui ai à peine demandé, ensuite, comment les choses sur l'Île s'étaient passées.

« Très bien ! », avait-elle dû me répondre avec son laconisme habituel. L'année suivante, elle a fait la même chose. J'ai dû la revoir à Paris début octobre. Elle m'a semblé en effet amaigrie, affaiblie ; sans pour autant que je m'inquiète : après tout, elle n'est pas si âgée, pensais-je. Soixante-cinq ans ? Soixante-six ?

En novembre – l'hiver a été rude cette année-là –, elle a pris froid. Elle est morte trois semaines plus tard d'une pneumonie.

« Maman l'aimait beaucoup, me répétait le jeune homme. Elle disait que votre mère, c'était *quelqu'un de bien,* une personne comme on en voit peu : je vous répète ses mots. Ça la touchait tellement qu'une femme aussi intelligente et instruite ait la simplicité de la traiter en amie. Car madame Werner parlait de tout à ma mère, elle se confiait à elle. À cette époque, moi, j'avais dix-sept ans, je passais le bac, et ça m'impressionnait de voir que cette dame si distinguée, et si cultivée se trouve assez seule pour avoir besoin de l'amitié de sa femme de ménage. Maman n'a que son certificat d'études, vous savez… Mais (me dit-il en voyant mon expression), je ne vous dis pas ça pour vous faire le moindre reproche… Je ne me le permettrais pas. Vous aviez votre vie ailleurs, votre sœur aussi, c'est normal… »

Julien s'était assis machinalement sur une des chaises. Mal à l'aise, je lui ai proposé de boire quelque chose, tout en pensant que je n'avais rien à lui offrir, qu'un verre de muscadet peut-être ? « Volontiers, fit-il, mais juste un verre : je venais seulement vous porter le message de ma mère, car elle aimait beaucoup madame Werner et elle serait contente de vous voir, si vous aviez un moment, et si ça vous faisait plaisir de parler un peu de votre mère avec elle… »

J'ai bredouillé que oui, certainement, ça me ferait plaisir, tout en vidant nerveusement le verre que je m'étais servi en même temps qu'à Julien. Bien sûr, je passerais rue des Dentellières… Mais quand ?

« Quand vous voudrez, répondit aussitôt le jeune garçon en se levant. Maman est libre demain, elle ne travaille pas ce jour-là ! Alors venez chez nous quand vous pourrez ? Vous serez tranquilles toutes les deux, je ne rentre que le soir ! » Et déjà il me tendait la main en souriant, tout en se dirigeant vers la porte. Moi, encore troublée par ce que je venais d'apprendre, je rêvais.

J'ai raccompagné mon visiteur. Puis je suis revenue songeuse dans la grande pièce. Quelque chose était arrivé, je ne savais pas au juste quoi, mais c'était là, pesant.

Ce soir-là, je n'ai pu penser qu'à maman.

Je me suis rappelé la dernière soirée que nous avions passée ensemble, sur l'Île, lors de mon tout dernier été avec elle, donc juste avant ces deux années où elle est venue seule.

Il avait soudain été décidé – je ne me rappelle plus pourquoi, une question de date pour moi, je crois – que, cette fois, je quitterais l'Île seule à la fin du mois d'août, en voiture, et qu'elle rentrerait en septembre pour la première fois par le train. Cette décision avait, je m'en souviens encore – même si aujourd'hui cela peut sembler à beaucoup dérisoire –, quelque chose d'important, de solennel, du moins je le ressentais, moi, de cette façon, comme si j'entérinais un acte grave, définitif, bien plus grave que lorsque, à Paris, vingt-cinq ans plus tôt, j'avais quitté l'appartement familial pour vivre dans un studio, non loin de mon bureau (studio que je quitterais à la mort de maman pour retourner rue Lecourbe !). Paris, ça ne comptait pas. Ici, dans la maison de

Bretagne, laisser ma mère seule, cela tenait de la séparation, du divorce ; c'était bien ainsi que je l'entendais, me semble-t-il. Je voulais enfin dissocier nos vies. Cesser de calquer ma vie sur la sienne. Armelle l'avait bien fait, elle, et des années avant moi !

Sur le moment ce n'était pas clair dans ma tête. Juste inconscient. Mais c'était un acte violent. Intensément ressenti. Par maman aussi sans doute.

Je partirais le lendemain matin. Elle avait tenu à préparer elle-même notre dernier dîner. « Tu as assez à faire avec ta valise », m'avait-elle dit. Je n'ai aucun souvenir de ce que nous avons mangé. Je n'avais pas faim, j'étais tendue, anxieuse sans bien savoir pourquoi.

Elle avait mis un couvert plus soigné qu'à l'habitude, à l'extrémité droite de la grande table, que baignait la lumière oblique du dernier soleil de la journée, et nous étions là, face à face, un peu perdues, moi troublée malgré moi, elle plus distante encore que d'habitude, et cherchant peut-être à masquer sa tristesse.

De quoi avons-nous pu parler ? Je ne me souviens que des silences, longs, entre des banalités informatives : à quelle heure je comptais partir, est-ce que je déjeunerais en route, à quelle heure arriverais-je à Paris ? Je me rappelle sa voix monocorde, raisonnable, ennuyée me semblait-il, plutôt que triste. La mienne, nerveuse, agacée, traduisant en fait mon agitation, mon malaise. C'était comme si une autre pensée, non dite, à peine formulée dans ma tête, se superposait à la pauvreté de mes propos.

Combien de temps pensait-elle rester sur l'Île, après mon départ ? Quinze jours, tant que ça ! m'étais-je étonnée. Mais la petite épicerie, qui sert des repas tout prêts aux personnes seules, la dépannerait. Et puis, lui disais-je avec indifférence, quinze jours seraient vite passés.

Pas une fois, au cours de ce dîner, nous n'avons évoqué nos souvenirs. Pas un mot d'Albert. Pas un mot d'Armelle. Ou même de Berthe. Et c'était pourtant comme si leurs ombres étaient là, invisibles, qui passaient entre nous.

J'ai dû invoquer la fatigue pour monter me coucher tôt. Je ne l'ai pas aidée à débarrasser, faire la vaisselle. Comme j'esquissais un geste vers les assiettes, elle m'a dit de laisser, qu'elle se débrouillerait très bien toute seule. « Tu crois vraiment ? », ai-je faiblement insisté. Elle m'a répondu par un *certainement* sans réplique possible.

Je suis allée l'embrasser. Je savais que je la reverrais le lendemain avant de partir, et plus tard à Paris, où en effet je l'ai revue plusieurs fois au cours de ces deux années. Mais ce soir-là, au moment de ce baiser sans tendresse, j'ai eu le sentiment que c'était le dernier que nous échangions, ma mère et moi. Et que je la quittais définitivement. Je quittais la maison, et elle était la maison. Ce qui en restait.

Mercredi

Mercredi ! Nous sommes déjà mercredi ! me suis-je dit au réveil. Déjà, mais j'aurais pu dire *seulement* mercredi : j'avais l'impression d'être là depuis des années. Celles, peut-être, de tous nos étés.

Cette fois, j'avais bien mal dormi dans ma chambre d'autrefois, agitée de songes dont il ne me restait que des ombres, des effilochures. Y avais-je revu ma mère ? Et Armelle ? Oui, il me semblait que c'étaient elles, mais comme masquées, apparues de façon évasive, balbutiante, fragmentaire. Et si elles parlaient, on ne les entendait pas.

À voir le jour hésitant au-dessus des rideaux, il pouvait être huit heures, plus peut-être. Aucun bruit nulle part, ni venant de l'extérieur, ni des profondeurs de cette maison fantôme. En quel temps étais-je ? Est-ce que je le savais vraiment ? C'était comme si Anne-Marie dormait encore dans la chambre du fond. Armelle serait allée chercher du pain frais pour le petit déjeuner.

On aurait pu se croire un jour de vacances ordinaire. Sauf que tout était différent. Non seulement maman était morte, et Armelle avait disparu, mais il y avait eu la découverte de ce mort inconnu, dans la chambre du bas, et ce qu'il avait levé de spectres en moi, fait surgir de souvenirs.

Certes j'étais là, moi, la même en apparence, ou presque, mais bien différente, bousculée, chavirée, et comme perdue.

Je me suis souvenue – mémoire d'une autre vie – que j'étais venue trois jours plus tôt pour vendre la maison. Mais ce projet, du fait d'un bizarre enchaînement de circonstances, n'était plus à l'ordre du jour, et n'avait même plus aucun sens. J'étais tenue par la police de rester sur l'Île à titre de témoin de ce qui s'était produit dans cette maison, la nuit de samedi à dimanche, mais une autre enquête, plus personnelle, m'occupait bien davantage, je commençais à le comprendre, et m'attachais presque malgré moi à ce lieu.

J'ai de nouveau pensé à maman, bien sûr. Au trouble qu'avaient laissé en moi les quelques mots de Julien. J'irais voir sa mère. En début d'après-midi, me suis-je dit. Cette visite, à vrai dire, je l'appréhendais : peut-être parce que cette Yvonne que je ne connaissais pas, que je ne me rappelais pas avoir remarquée, rue des

Dentellière, devait avoir de moi une image bien défavorable. N'avais-je pas abandonné ma mère ? Est-ce que ce n'était pas exactement le terme qui convenait ? Berthe aurait-elle pensé autre chose ? Ou bien redoutais-je cette visite parce que je risquais d'apprendre sur maman des choses que je préférais ignorer... Ces conversations entre les deux femmes, sur quoi avaient-elles donc porté ?

Contrairement à ce que j'avais auguré, il faisait très beau. Le soleil inondait déjà la grande pièce quand je suis descendue prendre mon café. Je me suis dit lâchement que le mieux à faire pour le moment – il n'était pas dix heures, et je n'osais pas aller déjà chez cette dame – ce serait d'aller marcher sur la plage.

Il n'y aurait personne à cette heure et la marée était basse. Je me suis mise à marcher d'un pas vif vers Sainte-Marine. Au loin, j'ai vu arriver du bout de la plage déserte, une silhouette en rouge qui s'est peu à peu précisée : c'était une femme, une femme qui avançait à pas ailés, aurait-on dit, en s'aidant de bâtons nordiques, vêtue d'une sorte de cape en nylon rouge qui voletait derrière elle dans le vent. Son visage était masqué d'épaisses lunettes noires. Elle m'a croisée en silence, sans même sembler me voir. Et cette apparition, dans sa légèreté et son mystère, avait quelque chose d'onirique. Le sable humide crissait à peine sous mes pas, et la mer, très bleue, retirée au loin, avait la couleur du ciel et semblait irréelle tant elle s'y mêlait.

Je me suis rappelé alors mon rêve de la nuit : ces images imprécises, silencieuses, qui, à peine nées, fulgurances rouges, insaisissables, s'étaient enfuies. Mon éphémère rencontre de la plage semblait obscurément lui faire écho.

Il est rare que je rêve et surtout que je m'interroge sur le contenu de mes songes, que je cherche à leur donner un sens. Armelle aurait dit, avec un petit rire, que je suis bien trop raisonnable pour cela. Curieusement, si froide et rationnelle que ma mère parût elle aussi, il lui arrivait de parler de ses rêves. Comme ça, au petit déjeuner. Freud l'intéressait. Pourtant elle était plus sensible à la poésie des rêves, à leur intérêt littéraire, artistique, qu'à leur interprétation. Je me rappelle combien je trouvais bizarre de l'entendre parfois aborder ces sujets-là, avec sa diction nette et un peu nasillarde. Ma sœur et moi, insolentes que nous étions, nous retenions de rire. La dissonance entre la voix d'Anne-Marie et ses paroles pouvait, en effet, sembler comique. Ou c'était la gêne qui nous empêchait d'entendre ce que ses récits, ses remarques, avaient de trop intime, de choquant à découvrir pour nous, ses enfants. Nous n'écoutions pas, affectant de jouer avec une cuillère, une boulette de pain.

Ma mère. Et voilà qu'elle revenait déjà quand je voulais la fuir.

Quelle image est-ce que je garde de toi, finalement, maman ? Je ne parle pas de l'image que j'avais toute petite, de la femme que tu étais, que je ne voyais pas. Mais de celle que j'ai pu avoir de toi, plus tard, avec mon regard d'adolescente, puis de femme.

Je dois bien avouer que je te trouvais déjà vieille et disgracieuse alors que tu ne l'étais sans doute pas. Pas encore. Tu avais trente-quatre ans quand Albert est parti, trente-quatre ans ! Mais cette laideur, comment l'affirmer, puisqu'il n'y a de toi aucune photo ? Aucune photo dans ces albums remplis d'images prises par toi, rangées par toi avec soin, de tes filles à tous les âges. De toi aucune. Tu n'existes pas. Qui l'aurait prise, cette photo ? Berthe ne se mêlait pas de ces choses, ne touchait jamais à un appareil, et ne voulait pas être elle-même photographiée, se traitant de « vieille bête qui gâcherait la pellicule » : je n'ai d'ailleurs de notre grand-mère que la photo de son mariage avec Étienne. Ah, le culte des photos de mariage chez la plupart des gens! Justement de celui d'Anne-Marie et Albert, il avait dû y en avoir, des images! « Une si belle fête, racontait Berthe, nous étions tous si heureux! » Je ne les ai pas rêvés, ces récits cent fois entendus quand nous étions seules : « Raconte, grand-mère, raconte! » Mais même ces photos-là ont disparu, je l'ai dit, détruites dans le même élan qui avait poussé ma mère à anéantir les tableaux de son mari.

Oui, quelle image, en vérité, garder de toi? Je me souviens seulement d'une grande femme, maigre, mal habillée de vêtements classiques mais sans grâce, mal coupés, et de couleur terne, exacte antithèse de ses cheveux roux coupés courts, comme si elle avait voulu corriger cette audace de la nature par l'excès de fadeur de sa mise. Je crois que ce qu'elle cherchait, c'était l'invisibilité. Elle n'était pas laide : elle était tout simplement absente. De même que sa voix était une voix nue, sans beauté, impersonnelle, juste nette et audible; une voix utile. Il le fallait bien pour faire cours. Elle avait la réputation au lycée d'être, techniquement, un bon professeur; mais ses élèves ne l'aimaient pas. Je le savais, et j'étais gênée devant eux de savoir ce qu'ils pensaient de ma mère sans oser me le dire crûment. La seule chose en elle qui me touchait un peu, c'était, quand elle était fatiguée, le timbre aigu et fragile que prenait alors sa voix : devenue tout à coup celle d'une petite fille.

Je ne l'ai jamais vue pleurer. Sauf, bien sûr, à ce moment si particulier du départ de son mari, et de la crise nerveuse qui s'en est suivie. Là, oui, il y a eu des larmes. Des cris. Terribles. Je me rappelle les sanglots échappés de sa chambre. Insupportables à entendre. Mais, lorsque le temps dévolu par elle à son deuil est arrivé à échéance, il n'y a plus eu un pleur. Plus un cri. Rien. C'était comme si tout avait été détruit du passé, et qu'elle était une autre femme. Une femme aux yeux secs. À la gorge éteinte.

Que pouvaient-ils penser, les gens de l'Île, quand ils voyaient madame Werner, si digne, sortir seule de chez elle, se promener seule sur la grève, ou marcher solitaire le long de la plage ? Si rarement accompagnée de ses filles ou même de Berthe ? Ne frayant pas avec les vieilles assises sur les bancs de l'Île ni les habituées de l'épicerie ? Ni avec les voisines de la maison, bourgeoises et citadines en vacances, nanties d'enfants et petits enfants ? Que pouvaient-ils penser de cette femme seule ?

J'avançais sans plus voir le paysage tant j'étais prise par l'histoire que je me racontais. Tu ressasses, me dirait Denis, ce qui me fit sourire. La sonnerie du téléphone acheva de me réveiller.

C'était cette fois l'inspecteur Brun : pourrais-je être chez moi pour cinq heures ?

J'acquiesçai, comme absente. Je devais avoir une drôle de voix.

Ce serait au retour de chez Yvonne, et je me suis demandé dans quel état, alors, je me trouverais.

Quand je suis arrivée rue des Dentellières, il était à peine un peu plus de quatorze heures. J'ai tout de suite reconnu la petite maison d'Yvonne, la deuxième sur la gauche, un peu en retrait, m'avait dit Julien. Au temps de nos jeux d'enfants, c'était là que parfois nous nous cachions, Armelle et moi, derrière le linge suspendu à une corde qui enjambait le jardin. Aujourd'hui aussi la lessive séchait au soleil. Ça sentait la lavande et le frais quand je suis passée entre deux draps.

Chez Yvonne, comme chez nous, on agitait une petite cloche accrochée au montant de la porte pour sonner. Mais, intimidée, j'ai entendu comme étrangère la musique familière.

Bien sûr que je la connaissais de vue, Yvonne, je l'avais croisée cent fois dans sa rue et dans le quartier : quand elle m'a ouvert, son visage ridé et tanné par le soleil m'est tout de suite revenu, et sa silhouette ronde. Si elle avait vieilli, notre relation était trop peu personnelle pour que je m'en rende vraiment compte. Pour moi, elle n'avait pas changé. Elle portait, comme alors, cette sorte de tablier à fleurettes, boutonné devant, qui était, à une époque, l'uniforme des ménagères. Quand, d'emblée, elle m'a saluée par mon prénom, j'ai été surprise, mais aussi, on ne sait comment, rassurée. « Bonjour, Claire ! », s'est-elle exclamée. Sa voix, d'abord, si douce, on n'entendait que ça. Mais elle continuait : « Je vous espérais. C'est si gentil d'être venue ! Julien m'a dit que vous étiez là et ce qui était arrivé dans la maison. Quelle émotion pour vous ! » En même temps, elle avait posé la main sur mon bras et me regardait dans les yeux. Puis, gaîment : « Mais laissons cela, n'est-ce pas ? Ça me fait tellement plaisir de vous voir ! Après tout ce temps ! J'ai vite dit à Julien de vous demander de venir ! Vous savez, c'est comme si je revoyais votre maman... », me dit-elle tout en me m'entraînant doucement à l'intérieur. Et moi qui, en arrivant, avais la gorge serrée, je me suis sentie apaisée. Il avait suffi d'un geste, d'un regard.

On entrait de plain-pied dans la cuisine. Du café était gardé au chaud sur la cuisinière dans une haute cafetière d'aluminium. Yvonne m'a proposé d'en prendre une tasse avec elle et j'ai accepté avec plaisir. Il avait le parfum de celui de Berthe.

« Si je vous appelle Claire, s'est-elle tout de suite excusée, vous avez dû me trouver de l'audace, c'est que je vous connais de quand vous étiez petite : je vous observais, vous et votre sœur, quand vous couriez par ici… Allez, je me souviens bien ! Mais avec les années, vous ne veniez plus de ce côté et je ne savais plus rien de vous. Ce n'est que plus tard, avec tout ce que madame Werner me racontait, que j'ai appris à vous connaître : elle parlait tellement de vous, la pauvre ! Elle aimait bien Armelle, mais c'était vous la préférée ! »

Gênée, j'ai dû avoir un geste de protestation, auquel Yvonne n'a pas pris garde, continuant sur sa lancée : « Que voulez-vous, elle me disait tout, votre mère, ces deux années où vous n'étiez pas là. Il n'y a pas de honte. Elle était seule, elle avait besoin de s'exprimer, de raconter ! Tellement seule dans sa grande maison… Il vous a dit, Julien, comment nous nous sommes connues ? Elle avait demandé à la mairie une femme de ménage – elle ne s'en sortait pas, dans l'état où elle était, toute mangée d'une arthrose qui la faisait boiter et lui paralysait les doigts, et si fatiguée ! Là-bas, on lui a donné mon nom, et elle est venue me trouver. Elle avait bien changé ! Quand elle est arrivée, si désemparée et simple, si différente de la dame que je voyais passer autrefois, droite et digne, un peu bêcheuse, j'ai été saisie, mais je l'ai tout de suite aimée. Si vous aviez vu son sourire quand elle l'a compris… »

D'un mouvement maladroit, j'ai reposé un peu brusquement ma tasse sur la table.

Elle entreprit alors de me raconter comment elles étaient devenues amies, elle la femme de ménage et sa patronne professeure. Yvonne se rendait tous les jours à la maison du boulevard de l'Océan pour faire le travail nécessaire, et ma mère, curieusement, restait là, à la regarder faire, et elles parlaient, de tout et de rien ; et bientôt d'elles-mêmes, de leurs vies. Quelquefois, quand elle avait un moment, Yvonne allait là-bas pour le seul plaisir de parler. Ou bien c'était ma mère qui venait rue des Dentellières. Elles s'étaient tout de suite comprises et appréciées en dépit du fossé culturel et social qui aurait pu les séparer. Elles s'étaient, comme on dit, rencontrées : toutes les deux avaient été déçues par la vie. Ce qui était arrivé à Yvonne n'était pas un secret – ici tout le monde savait que, non mariée, elle était tombée enceinte à plus de quarante ans et avait été abandonnée par l'homme qu'elle aimait –, mais c'était resté un silence. On n'en parlait pas. Comment ma mère et elle, ces deux *taiseuses*, en étaient venues à se faire les confidences les plus intimes,

Yvonne en était encore étonnée. « Pourtant ça s'est fait tout seul, me dit-elle, tout naturellement. Je lui ai raconté des choses que je n'avais jamais dites à personne, pas même à mon fils… »

Comme elle évoquait le jeune homme, je l'ai interrompue un peu abruptement pour lui dire tout le bien que je pensais de lui. Elle a eu alors cette expression de fierté que j'aurais bien voulu lire un jour dans les yeux de ma mère. « Oui, c'est un gentil gars, a-t-elle fait modestement. Madame Werner le disait aussi… »

Mais ce n'était pas de Julien qu'elle entendait me parler. C'était de ma mère. C'est moi qui avais détourné la conversation. Peut-être pour reculer le moment d'entendre ce qui me ferait mal ?

Elle me resservait du café. Je voyais bien qu'elle voulait parler.

Elle s'était cette fois assise plus près de moi. Sa voix avait baissé d'un ton quand elle a finalement repris la parole.

– Vous savez, Claire, la grande affaire de la vie de votre mère, c'était l'amour de son mari. Et lui, il n'a rien compris. Il était comme absent. Il ne s'occupait que de sa peinture. Un peu de ses filles, vous surtout, mais de sa femme pas du tout. De ce qu'elle était. De ce qu'elle espérait… Vous saviez qu'elle écrivait, votre maman ?

– Maman ? Écrire ? Jamais ! Non, je ne savais pas… » J'étais stupéfaite, et comme gênée.

– Il se moquait d'elle, paraît-il, lui répétait qu'elle ne comprenait rien aux choses de l'art, qu'elle n'était pas une artiste, qu'elle n'avait aucun talent, que *jamais un éditeur ne publierait ses textes*…

Yvonne semblait avoir encore dans l'oreille les confidences de ma mère. Tout cela sonnait vrai. Mais aurais-je jamais soupçonné ce qu'elle m'apprenait ? En revanche, je me rappelais la dureté des remarques d'Anne-Marie sur les toiles de mon père, le caractère acéré de ses critiques, ses remarques amères sur le maigre bénéfice de sa peinture. Car elle, du moins, n'hésitait pas à les faire à haute voix. Mais d'Albert, je n'avais jamais entendu un mot concernant des écrits de sa femme.

« Et pourtant, reprenait mon hôtesse, malgré ce qu'il lui faisait supporter, quel désespoir quand il est parti… ! Elle m'a bien raconté, vous savez. Elle aurait tout fait pour essayer de le garder quand il en était temps. Tout. N'importe quoi. »

N'avait-elle pas imperceptiblement rougi ? Je retenais mon souffle : allais-je apprendre encore quelque chose de nouveau ? Mais non. Une légère hésitation, et déjà Yvonne poursuivait.

« Le malheur de votre mère, vous savez, c'était la solitude. C'est pour ça qu'elle m'a parlé. Avec toutes ces années où elle n'avait personne à qui se confier, ici en particulier : sa mère, une bonne personne, mais qui vivait dans son monde à elle. Vous, des petites innocentes. Autour, l'indifférence de ses voisines chic du boulevard de l'Océan... Et sinon, des gens simples comme moi, qui n'auraient pas osé l'approcher, ou des vieilles femmes assises sur les bancs avec lesquelles elle n'aurait pas songé à engager la conversation. Pourtant même mon fils, alors tout jeune, avait remarqué la tristesse de cette dame qui allait toujours se promener seule côté rivière... Moi, dans ce temps-là, je ne voyais rien. On ne se connaissait pas. Et puis ça ne me regardait pas. Quand votre père était parti, ça s'était su dans le village, mais on n'avait pas fait de commentaires, les Parisiens, on les ignorait. À part Berthe, mais Berthe, c'était spécial : elle s'était installée ici, même si elle n'était pas de l'Île, elle était comme d'ici, et gentille ; on ne voulait pas l'embêter avec des questions.

C'est seulement après, des années plus tard, quand votre maman est venue ici toute seule, sans vous, et m'a parlé, que j'ai compris ce qu'elle avait traversé. Des images revenaient à ma mémoire de cette grande femme solitaire qui passait devant chez moi, que j'apercevais parfois marchant seule sur la grève ; et tout s'éclairait. Sa tristesse, je la comprenais, maintenant que je connaissais ses secrets… »

Yvonne s'est tue un moment. Moi, je scrutais son silence.

Puis elle se reprit, en me disant avec ses mots à elle, maladroits et touchants, le plaisir qu'elle avait à entendre ma mère parler. « Elle avait une drôle de voix, votre maman, vous vous rappelez, Claire ? Une voix un peu basse, mais en même temps si nette, et elle racontait tellement bien ! On voyait, on entendait chaque détail de la situation qu'elle évoquait ! Il paraît que je l'écoutais bien, et que ça lui faisait plaisir de me parler. Un jour elle m'a dit : « Ah Yvonne ! Si seulement je pouvais parler avec mes filles comme je le fais avec vous ! »

J'ai tressailli. Et j'ai senti les larmes me monter aux yeux. Mais déjà une main s'était posée sur la mienne, chaude, affectueuse, étonnante, sans que je songe à m'écarter.

Je pleurais, je crois. Yvonne avait passé son bras autour de mes épaules, me serrait contre elle, et je me laissais faire, comme une enfant. Un peu comme au commissariat, dans l'effroi de ce qui m'arrivait, j'avais eu huit ans. Mais là, dans la cuisine d'Yvonne, c'était une douceur toute maternelle qui m'envahissait.

Yvonne me parlait-elle ? « Allons, ne pleurez pas, Claire, votre maman vous aimait tellement ! Elle vous comprenait, savez-vous ? Non, vous ne savez pas ? Elle disait que vous étiez compliquée, mais que, telle que vous étiez, elle vous comprenait et vous aimait... Je n'aurais pas dû vous raconter tout ça ! Vous voilà toute remuée ! »

Quelle jolie voix lente et douce, elle avait, Yvonne, marquée ici et là d'une belle intonation bretonne ! Et que c'était bon de l'entendre et de sentir contre moi sa chaleur protectrice !

Mais quelle heure était-il ? J'ai pensé qu'il était temps que je m'en aille. Je me rappelais comme dans un songe que le policier devait venir. À cinq heures ? Je me suis levée. J'ai encore serré Yvonne dans mes bras en l'embrassant, et, sans pouvoir ajouter un mot, je suis partie.

Quand je suis arrivée à la maison, j'étais aussi fatiguée que si j'avais fait une longue marche.

Je suis restée longtemps allongée sur le petit canapé du fond de la pièce, ce drôle de petit canapé 1900 que maman seule affectionnait. « Cette vieillerie, bougonnait Berthe, dont on devrait bien se débarrasser ! » C'était pourtant Étienne, paraît-il, qui l'avait déniché dans une brocante de Quimper, avec sa fille de sept ans, et la petite l'avait tout de suite adopté. Ça, Anne-Marie me l'avait raconté. Pour elle une vraie aventure dont elle gardait le souvenir. Peut-être avait-elle eu, elle aussi, un faible pour son père ? Elle n'en parlait pourtant presque jamais, de ce père mort si tôt.

Je pensais à tout cela, le petit canapé et le reste, oui, tout ce que j'avais appris de maman par Yvonne. Je rêvais, je voyais, j'écoutais les choses du passé.

Dans la grande pièce vide la présence de ma mère était maintenant presque sensible. Mais c'était une autre Anne-Marie, mystérieuse, insaisissable, et pourtant bizarrement proche que je découvrais. De nouvelles images d'elle me revenaient, que je croyais oubliées, une inflexion de voix surprenante, un geste insolite, qui levaient en moi des questions. Si Armelle était là, comme je l'interrogerais ! Elle peut-être en saurait plus que moi sur sa mère. J'allais écrire *notre* mère : mais non ; la mère d'Armelle et la mienne, ai-je pensé, ce n'était pas forcément la même femme. Et, justement, ma sœur aurait peut-être vu ce à quoi j'avais été aveugle.

Le jour baissait. J'ai pensé avec ennui à la visite du policier. Il tombait on ne peut plus mal. J'aurais voulu rester encore longtemps à penser, dans la pénombre, à ma mère.

François Brun n'est arrivé qu'en début de soirée. « Excusez-moi, fit-il en entrant, j'ai dû régler un problème inattendu. » Je commençais à m'habituer à sa fallacieuse courtoisie. Mais il semblait plus détendu qu'à l'ordinaire. Il m'expliqua, après m'avoir invitée à la discrétion, que son enquête avait beaucoup progressé ; il avait cependant encore quelques points à voir avec moi.

« Dites-moi, madame Werner, vous ne les voyez jamais, vos locataires ? Ceux de cet été, vous ne les connaissiez pas ? me demanda-t-il en se carrant dans le fauteuil de maman.

– Mais non, pas du tout... C'est l'agent immobilier qui les recrute. Moi je ne m'occupe de rien.

– Eh bien, c'est dommage, on a quelquefois de mauvaises surprises. C'est en cherchant qui pouvait avoir les clés de votre maison, puisqu'il n'y a pas eu effraction, que nous avons consulté le fichier de votre agence – au fait, il n'est pas aimable, votre agent, et il n'a pas l'air de vous porter dans son cœur ! – vos derniers locataires, une famille de Quimper, des gens apparemment corrects, le père instituteur, la mère secrétaire de mairie. Mais voilà ! Leur fille, une étudiante de dix-huit ans, avait fait faire en août dernier, à l'insu de ses parents, un double de la clé de la maison où elle passait ses vacances avec eux. Elle l'avait gardé, et trouvait commode, depuis septembre, de rencontrer clandestinement son petit ami, la nuit, dans cette demeure inhabitée. Lui, un drogué notoire, comme je vous l'ai dit, l'avait initiée à ses pratiques. Un peu plus âgé qu'elle, mais pas tellement : vingt-trois ans. Il y a eu un accident, overdose, mauvais produit, absorption simultanée d'alcool : le cœur a lâché, mort instantanée, d'après l'autopsie. La gamine s'est affolée ; elle a filé. Et vous, dimanche soir, vous arriviez. »

Depuis que le policier avait évoqué la jeune fille, je me taisais, bouleversée par ce retour inattendu des choses. Chacune de ses paroles résonnait en moi comme il ne pouvait l'imaginer. C'était ma petite sœur de dix-sept ans, droguée, paumée, que je voyais entrer, cette nuit-là, dans notre maison avec son ami. Elle que je regardais assister angoissée à la mort de ce garçon. Puis, dans la panique, prendre la fuite. Elle dont je reconnaissais la pâleur, les traits crispés par la peur. Tout cela était en moi, vivant, et me torturait.

« Vous voyez, ce n'était qu'une affaire sordide, comme il en arrive souvent, un vilain accident, mais banal, concluait l'inspecteur qui ne me quittait pas des yeux, et se méprenait sans doute sur le fond de mon émotion. Il ne faut pas que ça vous impressionne comme ça. Des histoires de ce genre, nous en voyons tous les jours ici. Il n'y a pas qu'à Saint-Denis, vous savez, que ces choses se passent ! Si je vous disais ce que, chaque année, et ici même... Le nombre de seringues usagées qu'on retrouve au matin dans les venelles, sur la plage... Mais vous le savez, je crois ? »

Rêvais-je ? Il avait eu en me regardant un petit sourire. Je me suis gardée de répondre à ce qui n'était pas une question. Bien sûr qu'il avait eu connaissance des problèmes de ma sœur. De la brève enquête qui avait été faite sur elle et ses amis drogués de la région... Qu'il savait tout.

Mais pouvait-il imaginer que moi-même, un instant infime, j'avais cru l'incroyable : que tu étais revenue, Armelle, que tu étais mêlée à cette affaire ? Mais non, je perdais la tête.

Très calme, et peut-être assez satisfait de lui-même, François Brun avait tiré un cigarillo de son paquet, et après un geste purement formel pour quêter mon assentiment, aspirait déjà une bouffée de fumée.

« En tout cas, reprit-il, pour ce qui vous concerne, vous n'avez plus rien à craindre. Cette fille de Quimper, vous ne la connaissiez pas ; elle ne vous est rien. Elle a d'ailleurs reconnu les faits. Nous venons de l'arrêter. Consommation de substances illicites et non-assistance à personne en danger. Tout ce que nous vous demanderons, ce sera d'être présente, à titre de témoin, à la reconstitution des faits, si cela s'avère nécessaire. Vous comprenez, maintenant, pour vous, c'est ce délit de recel plutôt particulier qu'il s'agit de tirer au clair, juste parce qu'il s'agit de votre maison !

– Et quand, monsieur l'inspecteur, aurait-elle lieu, cette reconstitution ? ai-je murmuré.

Je me sentais mal. Depuis que le policier était là, assis dans son fauteuil, et avait commencé à parler, j'étais restée debout, figée par ses paroles.

– Quand ? En admettant qu'elle ait lieu… Il ne s'agit pas d'une affaire capitale. Tout va dépendre du juge d'instruction. Vous êtes pressée ?

– C'est que je devais en principe reprendre mon travail lundi, à Paris… Mon congé se termine…

– Je vais voir ce que je peux faire… Nous sommes mercredi… Je crains qu'il ne vous faille rester un peu plus longtemps parmi nous. Ou revenir ? », fit-il non sans quelque malice. On aurait dit que tout cela, d'une certaine façon, l'amusait.

Désinvolte, il reprit son blouson de daim, déposé sans façon sur la table, me tendit aimablement la main et se dirigea vers la sortie.

Je n'ai pas eu la force de l'accompagner.

La porte s'est refermée derrière lui.

Comme le soir où tout avait commencé, je m'étais mise à trembler nerveusement. L'image de la jeune fille droguée ne me quittait pas. Ainsi, Armelle, petite sœur, tu étais revenue à ta façon. Sans crier gare. Par-delà les années.

C'était cela que cette fin de journée me réservait. Après l'étonnante rencontre avec ma mère.

Mais, au fond, n'était-ce pas la même histoire ? Dont je n'avais pas encore compris la continuité… Avec moi dans le rôle du témoin aveugle. Pour ne pas dire celui de l'accusée.

Combien de temps suis-je restée là, prostrée, dans cette salle où l'obscurité s'était installée sans que je songe à donner de la lumière ? Des fenêtres tombait une vague clarté, à peine suffisante pour s'orienter dans la pièce. J'ai pensé que le garçon et la fille qui s'étaient introduits dans la maison, la nuit de samedi, avec leur clé volée, avaient connu la même pénombre : trouvant prudent de ne pas allumer, ils s'étaient contentés de pousser un volet. C'était ce volet ouvert qui avait attiré mon attention, quand j'étais arrivée. Et c'est avec ce peu de jour qu'ils avaient gagné la petite chambre. Étaient-ils amants ? Oui, sûrement. Sinon pourquoi la maison ? Un instant, je les ai imaginés heureux. Comme l'avait été Armelle avec ses compagnons de rencontre.

« Toi, me disait-elle quand je m'indignais – quand il m'arrivait de m'indigner – ici, et plus tard à Paris, toi, tu ne seras jamais qu'une vieille fille : tu ne peux pas comprendre ! »

Elle avait raison. Une vieille fille, aujourd'hui, c'est bien ce que je suis.

À ce moment – il pouvait être vingt heures ? Plus ? – une musique s'est élevée du port. De la guitare, semblait-il, mais il s'y mêlait de l'accordéon. Y aurait-il un concert ce soir, au Winch ou à L'Estran ? Ou chez Pierre ? L'été, il y en avait presque chaque soir. Mais en octobre, c'était inattendu. Peut-être s'agissait-il d'une fête privée.

Je me suis rappelé les soirs d'été où cette musique nous arrivait, boulevard de l'Océan. Nous savions alors que, là-bas, loin de nous, mais tout près, les gens dansaient, buvaient, s'amusaient. C'étaient des soirs de fête populaire, pour le 14 juillet, ou début août avec la sortie des vieux gréements (ah ces voiles rouges et brunes, apparues au loin dès l'après-midi, que c'était beau !), ou le 15 août qui s'achevait avec un grand feu d'artifice sur la mer. La municipalité dressait pour ces occasions, en plein milieu du port, de grandes tables flanquées de bancs où s'asseyait la foule au coude à coude, tandis qu'un orchestre, installé sur une scène en surplomb, dos à la mer, jouait jusqu'à l'épuisement, alternant folklore breton et chants marins gueulés à tout vent, et pour finir des airs à la mode qui invitaient le public à danser. À droite, en plus des terrasses de café habituelles, s'ajoutait en bordure de l'eau une grande tente foraine où l'on vendait pour pas cher barquettes de moules-frites, cidre, bière ou vin.

Berthe, quand nous étions enfants, se faisait une joie de nous conduire à ces fêtes. Je nous revois toutes les trois, assises à la bonne franquette à l'une des longues tables avec tout ce monde, des gens simples pour la plupart, venus en famille de toute la région, pas seulement de l'Île. Le port était noir de monde. Ma sœur et moi, enchantées de cette agitation pour nous inhabituelle, nous régalions de frites, interdites à la maison. Anne-Marie nous regardait avec réprobation partir avec sa mère pour ces réjouissances populaires. Jamais elle ne nous a accompagnées. Je n'ai pas souvenir qu'Albert non plus l'ait jamais fait. Là-bas Berthe retrouvait souvent quelques connaissances et présentait avec fierté ses petites-filles. Nous étions ravies de l'intérêt que nous suscitions. C'est parmi mes plus jolis souvenirs de vacances.

Plus tard, Berthe malade, trop fatiguée pour sortir, il était exclu que nous nous rendions seules à ces festivités nocturnes. J'avais dix-neuf ans, peut-être vingt, et je me souviens de mon émoi quand, claquemurée à la maison, j'entendais l'écho de la musique et des rires. Je parlais timidement de distraire Armelle. « Vous n'allez pas vous mêler à cette populace, à ces ivrognes ! Il n'en est pas question ! », gémissait maman, qui s'effrayait des débordements de fin de soirée dont témoignaient les chants incertains de fêtards attardés à travers les petites rues ou déambulant sur le boulevard jusque sous nos fenêtres, comme les cadavres de bouteilles, abandonnés ça et là, que nous trouvions le matin.

Il est arrivé que, sachant Berthe hors d'état de nous surveiller et Anne-Marie assoupie dans sa chambre, ma sœur et moi attendions dix ou onze heures pour nous glisser dehors et rejoindre la fête. Mais nous ne connaissions presque personne et, pour ma part, j'étais vite effarouchée. Armelle moins, et je la laissais en compagnie de qui elle voulait. Elle avait quatorze ans, allait alors psychiquement mal, et je le savais. Je savais aussi ce qui risquait d'arriver. Elle avait tellement envie de voir du monde, de faire comme les autres.

C'était seulement après, trop tard, qu'hypocritement je lui faisais des reproches. Elle s'en indignait. « Finalement, tu es comme ta mère, aussi bourgeoise qu'elle ! », répliquait-elle, si je lui faisais remarquer l'heure de son retour, au petit matin, pieds nus pour ne pas faire craquer les marches de l'escalier. Anne-Marie, elle, épuisée, ennuyée, absente à tout ce qui n'était pas son chagrin, n'avait rien entendu.

Armelle prétendait que je ressemblais à maman, mais j'étais bien pire. Elle n'était qu'inconsciente. Moi, j'étais méchante, et obscurément perverse. C'est moi qui ai commencé, sciemment, de détruire Armelle.

L'angoisse me reprend, et une tendresse impuissante, quand je pense à la jeunesse et la fragilité de celle que j'aurais dû protéger.

Jeudi

Le temps extérieur aussi est bouleversé : ce matin, c'est à peine si j'ai pu ouvrir les volets, tant le vent souffle fort, et j'ai eu bien du mal à les fixer au mur avec les taquets. Des nuages fous courent à travers le ciel. Est-ce qu'il y aura une tempête ?

On me dit à l'épicerie – où je suis retournée, encore incognito, prendre du pain – que c'est aujourd'hui grande marée, coefficient 100, si j'ai bien entendu ? Je n'ai jamais compris grand-chose à tout cela. Anne-Marie, elle, s'y intéressait de près ; non certes par amour de l'Océan, mais parce qu'elle en avait peur. Une peur maladive. Elle gardait toujours, épinglé à la cuisine, le calendrier des marées. Ces jours-là, elle avait peur de tout : peur de la fureur des vagues, peur de la violence de leur fracas contre le rempart du boulevard, peur du tourbillon d'écume dans lequel, brusquement, elles escaladent le muret pour venir glisser, insidieuses, jusqu'au seuil des maisons. Pourtant jamais encore l'eau n'était entrée chez nous, du moins en notre présence. Mais, après les grandes marées d'équinoxe, si nous avions été absentes, nous trouvions parfois, en arrivant, des bouquets d'algues séchées au pied du mur de façade et jusque dans la venelle qui borde le côté droit de la maison. C'était comme un signe, un rappel de ce qui pourrait se passer, un avertissement, une menace. « Un jour, disait maman, vous verrez, l'océan se déchaînera pour de bon et il enlèvera tout... De cette maison et de nous, il ne restera rien. » Elle était sincère dans sa folie visionnaire. Je me la rappelle, au moment des tempêtes, debout, immobile dans l'encoignure de la fenêtre de sa chambre, d'où l'on voit le mieux la mer, un mouchoir entre ses doigts crispés. S'approchait-on, elle nous renvoyait d'un geste impatient, priant qu'on la laisse tranquille. Le soir, au dîner, elle parlait avec exaltation de déménager, de quitter cette maison où, décidément, rien n'allait et n'irait jamais, et surtout de fuir ce pays de folie où nous n'aurions jamais dû venir. Nous nous taisions, embarrassées par sa violence. Il est vrai que, la nuit, le tonnerre des vagues dans le silence du village endormi était impressionnant. Armelle, toujours insomniaque, inquiète à son tour, venait me retrouver dans ma chambre. Moi, ce grand vacarme de la tempête, je l'aimais. Parce qu'il était désordre, menace, promesse d'autre chose, quintessence de vie. Je l'aime toujours.

Pour maman, je le comprends à présent, il n'en était pas de même, c'était l'idée de destruction qui, tout en lui faisant peur, au fond la fascinait. La mort, peut-être, qu'elle attendait tout en la redoutant.

Déjà jeudi ! Je ne sais pourquoi m'angoisse autant l'approche de mon départ. J'en viens presque à souhaiter d'être retenue par la reconstitution policière envisagée un moment. Si je pars dimanche comme il est prévu, que le temps qui me reste à passer ici est court ! Il me semble que j'ai encore tant de choses à faire ! Il faut d'abord que je revoie Yvonne, ne serait-ce que pour la remercier de ce qu'elle m'a apporté, sceller notre amitié. Irai-je chez elle cet après-midi ? Ou dès ce matin ? Non, les rafales de vent qui secouent les volets si péniblement attachés me dissuadent de sortir maintenant. Et je me sens si bien à la maison avec cette tempête tout autour, bizarrement protectrice. Bien sûr que je l'aime cette maison.

Dans l'après-midi il s'est mis à faire très froid. Il semblait qu'on entendît plus distinctement les rafales s'abattre sur le toit, les murs. J'ai eu envie de faire du feu, comme, autrefois, certains jours d'été où je temps avait fraîchi et qu'Armelle et moi faisions une flambée dans la cheminée pour nous réchauffer. C'était si gai, je me souviens, le grésillement de la flamme sur le petit bois dont nous disposions, les cartons, les journaux que nous fourrions dans l'âtre, faute de bûches. Très vite l'odeur alarmait Anne-Marie depuis sa chambre : « Qu'est-ce que vous fabriquez ? Vous allez finir par mettre le feu ! vous savez bien que la cheminée n'est pas ramonée ! » Elle ne l'était jamais, faute d'argent, mais ce n'était pas notre souci.

Je me suis assise un moment à regarder mon maigre feu, comme autrefois. Il m'aurait fallu un pull-over plus chaud, mais j'étais partie avec une valise très légère. En septembre nous laissions toujours sur place ici les vêtements dont nous n'aurions pas l'usage à Paris, vieux pulls bons pour la campagne, vêtements trop estivaux, maillots de bains, chapeaux de soleil. À la mort de maman, comme j'étais bien décidée à ne jamais revenir sur l'Île, et qu'il fallait faire place nette pour les locataires, j'avais demandé à l'agent immobilier de débarrasser pour moi les chambres de ces vêtements et objets personnels et de les mettre en sécurité. Il avait tout remisé, m'avait-il dit, dans la grande armoire de la salle du bas, celle où d'habitude nous rangions le linge : la seule qui fermait à clé. J'allais bien trouver là un vieux pull-over qui m'aille ?

La clé était déposée dans un recoin secret de la cheminée où je la trouvai aisément. J'ai ouvert les deux larges portes de bois de l'armoire de Berthe, découvrant du même geste dans des effluves de lavande les piles de draps brodés et de taies à volants sur une planche, sur l'autre les nappes et serviettes, les unes damassées pour les grands jours, les autres plus ordinaires, tout cela semé de sachets parfumés. Tout en bas de l'armoire, j'ai retrouvé, comme nous l'avions laissé, le linge à raccommoder, des pièces de tissu neuf à coudre, une grande corbeille à ouvrage, des pelotes de laine intouchées, un tricot commencé, resté monté sur ses aiguilles. Sans doute le dernier travail de Berthe, laissé en attente. C'est tout en haut de l'armoire, sur les derniers rayonnages d'habitude laissés vides, que je devais chercher ce qui m'intéressait avec le reliquat de nos derniers étés, des livres, ceux que nous venions de lire, ceux dont nous n'avions pas besoin à Paris et divers objets personnels, abandonnés dans les tiroirs des commodes ou sur une table. Est-ce que nous pensions à ranger quand nous savions retrouver tout cela aux vacances suivantes ? Est-ce que nous pouvions supposer que nos affaires personnelles seraient confiées à un étranger, en l'occurrence cet agent immobilier ? et maintenant moi-même.

J'ai approché un tabouret de l'armoire de façon à atteindre commodément les planches du haut. J'ai d'abord retrouvé ces robes façon Laura Ashley, qui avaient été les nôtres, blanches et roses pour moi et Armelle, grises pour Anne-Marie. C'étaient nos robes d'été les plus présentables, et je nous ai revues déambulant par les rues de Pont-l'Abbé ou de Quimper, comme trois pensionnaires, ai-je pensé. Et est-ce que ce n'était pas le terme qui convenait, pour notre mère qui n'avait plus de mari et nous qui n'en avions pas encore ? Et puis sont venus les maillots, un très vieux costume de bain noir qui avait été le tien, maman, mais depuis longtemps tu ne te baignais plus. Et comme il était démodé, ce maillot, avec son nœud noir sur la poitrine ! Nos deux pièces à nous, un rouge et un bleu, le tien, Armelle avec son haut à peine susceptible de loger tes seins menus et ce bas minuscule, si indécent, ma pauvre chérie. Il y avait aussi des colliers de pacotille achetés au marché, en plastique, en bois peint, ou faits de coquillages, laids et un peu cassés, choisis on ne sait comment, gardés on ne sait pourquoi ; ceux-là étaient à nous, les filles. Pour Anne-Marie, il n'y avait rien de ce genre. Le seul collier que je lui aie jamais vu, c'était celui en argent que mon père lui avait offert, et dont elle s'est débarrassée en le donnant à une cousine, le jour de la grande épuration.

Dans le fatras des livres déposés là, il était facile de reconnaître la propriétaire de chacun : pour ma mère un Apollinaire dans une édition de poche couverte de notes au crayon, sans doute la dernière lecture de cet ultime été, laissée sur sa table de nuit ; pour Armelle un polar à la couverture colorée, violente, comme elle les aimait, oublié dans sa chambre des années plus tôt, la dernière fois qu'elle était venue, l'été 98 ? Elle avait vingt-trois ans. Et enfin diverses lettres, trouvées dans les tiroirs, adressées à l'une ou à l'autre, très peu à ma sœur et moi, mais un paquet plus épais, fermé d'un élastique, était au nom d'Anne-Marie Werner ; ainsi qu'un petit agenda – un mince carnet, très ordinaire – lui appartenant, semblable à ceux que je lui avais souvent vus entre les mains, où elle devait noter des heures de rendez-vous de médecins, des horaires de train… Quoi d'autre ? Mais celui-ci, c'était celui de sa dernière année, 2010. Il s'arrêtait au 20 septembre.

Je n'avais pas trouvé le pull-over dont j'avais besoin, mais j'avais cela, ce paquet de lettres, ce trésor, et le cœur me battait de sentiments mêlés. Je sentais qu'il y aurait là ce que je cherchais. Bien sûr, c'était là.

Moi qui jamais n'aurais osé fouiller dans les papiers de ma mère de son vivant, elle morte, il me semblait au contraire accomplir une espèce de devoir. Pour elle. Pour nous.

À Paris dans l'appartement de la rue Lecourbe, elle n'avait rien laissé. Rien. Pas une lettre, pas une note griffonnée sur un papier quelconque. Et, bien sûr, pas un carnet, pas un agenda. Le même néant qu'elle avait voulu après le départ d'Albert, la même *tabula rasa* avait été faite par elle avant sa propre mort. Ici, sur l'Île, elle ignorait qu'elle ne reviendrait pas, elle s'était laissée surprendre.

Le carnet de cette dernière année comprenait, outre les heures de rendez-vous et quelques dates soulignées fortement qui ne me disaient rien, de curieuses remarques sur l'état du temps et celui de son âme, inscrites au crayon dans le petit rectangle dévolu à chaque jour comme, en février : *il gèle, triste anniversaire* (?), en mars : *pluie, tristesse,* ou, en mai *insolent soleil, déplaisant.* C'était à Paris en hiver, puis au printemps. Dès l'été apparaissait, ici, sur l'Île, le nom d'Yvonne, et celui d'une certaine madame A., inconnue de moi, sans aucun commentaire. Il devait s'agir de visites, données ou reçues ? Étonnant de la part de ma mère, d'habitude tellement sauvage ? Et puis, le 20 septembre, débordant sur la suite, il y avait une demi-page d'écriture au crayon, en lignes serrées, aux caractères étrécis par une espèce de hâte, aurait-on dit : *Fuir cette maison, partir, rentrer mais pour aller où ? Comme un pressentiment qu'il n'y aura pas d'ailleurs, que le voyage se termine. « Adieu, maisons, jardins », comme disait Ronsard. Mais moi, j'y tiens si peu, aux maisons et aux jardins ; aux objets quels qu'ils soient. D'ailleurs, tout a depuis longtemps commencé de disparaître, avec ou sans mon aide. Légère je suis devenue. Si légère.*

Bouleversée, je lisais, frappée autant par la tristesse de ce que je découvrais que par son élégance. Ces quelques mots m'en disaient plus sur ma mère qu'elle n'avait jamais osé le faire. Si troublée qu'elle avait oublié en partant son pauvre carnet.

J'ai dégagé l'élastique qui enserrait les lettres. Deux étaient datées des années précédentes, la dernière de 2005 : c'étaient des lettres de refus de divers éditeurs parisiens, banales, se bornant au constat que « le texte ne correspondait pas aux critères de la maison, en dépit de la qualité certaine du style » Ainsi Yvonne avait dit vrai, maman rêvait d'être écrivain. Cela me touchait et me navrait à la fois, et j'étais honteuse de mon indiscrétion comme s'il se fût agi de moi.

Il y avait aussi trois enveloppes, vides, visiblement beaucoup plus anciennes, envoyées de Paris, à l'adresse bretonne, au nom d'Anne-Marie Werner. Je ne connaissais pas l'écriture, il n'y avait pas de nom d'expéditeur. Sans doute maman avait-elle fait disparaître le contenu des enveloppes ? On lisait mal sur le timbre de la poste à demi effacé la date des envois : j'ai cru déchiffrer, sur l'une des enveloppes : 1975. N'était-ce pas l'année de la naissance d'Armelle ? De qui pouvaient-elles être, ces lettres dont Anne-Marie n'avait voulu garder que les enveloppes ?

Restait une autre lettre adressée à elle, mais à l'enveloppe de fin papier bleu bordé de tricolore, comme, alors, le courrier destiné au transport par avion. Elle était timbrée de Buenos Aires et datée de septembre 1983. J'ai tout de suite reconnu la grande écriture au stylo bleu de mon père. Je l'ai ouverte comme dans un rêve. Une lettre de mon père ! Ah si moi j'avais pu en recevoir une ! Et elle qui n'avait rien dit !

Albert écrivait à sa femme – *ma chérie*, oui, c'est en ces termes qu'il s'adressait à elle ! – pour la supplier, encore une fois, disait-il, de lui accorder le divorce. Qu'il voulait se remarier. Que sa future femme attendait un enfant. C'était un message court et violent, à la fois cruel et tendre. Oui, tendre. Je ne rêvais pas. Mais je ne comprenais plus rien : c'était moi qu'il trompait et pas seulement ma mère. La demande qu'il formulait était atroce.

Je me suis mise à trembler, comme dans l'émotion de ma rencontre avec le mort de la chambre du bas, ou sous les questions de l'inspecteur au commissariat. J'avais l'impression que plus rien n'avait de sens.

Mon père ! comment était-ce possible ? Comment avait-il pu ? Septembre 1983, c'était quatre ans après son départ de la maison. Quatre ans après que je l'ai vu monter dans cet autocar, sur l'Île, aux petites heures d'un matin d'août. Et deux ans avant sa mort accidentelle.

Et maman savait cela. Et elle s'était tue. Et tout ce temps, elle a gardé les lèvres serrées sur cette révélation.

Un instant j'ai revu son visage crispé de haine et de chagrin et j'ai eu envie de la serrer dans mes bras pour la consoler, la réchauffer. J'aurais pu tout aussi bien la battre. Alors c'était ça, la vie d'Anne-Marie, ce gâchis, étalé à travers quelques lettres et un mauvais calepin.

J'ai tout remis en place dans le haut de l'armoire. Désormais personne n'y toucherait. Mais ce serait là. Moi, je ne détruisais rien. Je n'abandonnais rien. Je ne serais jamais dans le déni. La maison, je la garderais, avec ce qu'elle contenait, les choses et le souvenir des êtres.

Le feu s'était éteint. Une âcre odeur de fumée se répandait dans la pièce mais j'ai souri en pensant à l'autrefois. Bien sûr que c'était une belle histoire. J'avais l'impression de tenir entre les mains une porcelaine dont les morceaux fracassés auraient été miraculeusement recollés.

La nuit tombait, et je restais assise, immobile près du feu éteint. À un moment j'ai cru entendre frapper au carreau ; mais non, derrière la vitre obscurcie, il n'y avait personne, ce n'était que le vent sans doute, chargé d'un fragment de goémon. Comme l'intersigne des légendes ?

Je me suis levée, rapprochée de la fenêtre, et j'étais là, debout près de la vitre martelée de gouttes de pluie. Au-delà, on n'apercevait de la mer et du ciel qu'une seule masse grise, informe, agitée de profonds remous.

J'aurais aimé peindre cela. Cette informité. Cette force aveugle. Ce chaos. J'imaginais des noirs, des blancs et des gris. Je sentais leur mouvement. Je dessinais l'invisible. Je donnais forme au mystère. Le tableau était déjà dans ma tête, dans mes doigts… Je pensai au format idéal à donner à la toile et je souris à l'idée que cela ressemblait presque, cette fois, à un projet.

Il me semblait que j'étais enfin moi-même, et que quelque chose, ailleurs, m'approuvait.

Les rafales les plus brutales avaient cessé. Maintenant on n'entendait plus qu'une énorme et continue rumeur, compacte, magnifique, comme le souffle d'un immense être invisible, enfin apaisé.

Vendredi

Ce vendredi matin, je me suis réveillée seulement à neuf heures, après une nuit chaotique, alternant sommeil profond et réveils hagards. La tempête semblait s'être tout à fait calmée, on n'entendait plus aucun bruit. J'ai couru ouvrir les volets de ma chambre : on ne voyait rien qu'un étrange brouillard blanc. Il régnait un silence absolu, intense, anormal. Un silence comme physique dans sa densité. Le paysage habituel – le ciel, la mer, le boulevard de l'Océan – avait disparu. Dehors, il n'existait plus rien : la seule réalité, c'était ce rideau de gaze blanche.

Un peu plus tard de vagues ombres ont commencé de se dessiner à travers tout ce blanc : l'esquisse, sur la droite, de ce qui pouvait être le port de Loctudy, tandis que çà et là se voyait comme un frémissement, une hésitation entre diverses nuances de blanc qui, peu à peu, prenaient la forme de longues strates floconneuses. Je me suis souvenue de ces insolites brouillards de vacances, que Berthe appelait « brouillards de beau temps », car ils finissaient par s'ouvrir sur un ciel éclatant. C'était toujours un beau moment, cette métamorphose du ciel qui se terminait soudain, avec le retour de la lumière, par l'éblouissante réapparition du paysage. Comme si le monde venait de naître.

Quand, descendue dans la salle du bas, j'ai repoussé les volets – ah, ce claquement du bois contre le mur, qu'il pouvait être gai ! – le miracle avait déjà eu lieu : une journée magnifique s'ouvrait, éclatante de soleil. Il n'y avait pas le moindre souvenir de la tempête de la veille : un peu de goémon au ras des maisons peut-être, et, sur la plage, là-bas, en longues stries noires qui ne faisaient que rendre plus éclatant le blanc du sable, de luisants paquets d'algues.

Mais, dans le silence d'un ciel parfaitement dégagé et bleu du même bleu que la mer immobile, on entendait à présent des pépiements d'oiseaux. L'air avait une odeur légèrement poivrée. Et j'ai perçu, venant d'un peu plus loin sur le boulevard, l'écho d'une conversation tranquille entre voisins, légère, agréable ponctuation musicale. Tout était extraordinairement calme. Clair. Joyeux. Rien, jamais, ne s'était passé ici. Rien jamais de fâcheux n'avait eu lieu dans cette maison. Elle était, comme le ciel, rendue à l'innocence.

J'en étais là lorsque mon téléphone a sonné. Cette fois j'ai reconnu sans angoisse la voix de François Brun. De toute façon, dans un monde aussi parfait, il ne pouvait rien arriver de fâcheux.

« Madame Werner ? J'ai une bonne nouvelle pour vous : le juge renonce à faire une reconstitution du drame. Les faits ont été pleinement reconnus. La culpabilité de la jeune personne en cause est établie, elle a reconnu les faits. L'affaire ne vous concerne plus : vous êtes parfaitement libre de rentrer chez vous. En principe je passerai en fin d'après-midi avec un collègue pour lever les scellés de la chambre : c'est une pure formalité. »

Ainsi tout était terminé ?

Je suis restée un instant sans voix. C'était presque trop rapide. Il y avait un décalage entre ce que je venais de vivre personnellement et le dénouement de l'affaire policière.

J'ai remercié l'inspecteur d'avoir fait pour le mieux et de m'avoir tenue au courant. Ce dont j'aurais voulu, en fait, le remercier, je ne le pouvais pas : c'était de m'avoir tellement aidée sans le savoir à progresser en moi-même avec ses questions. Mais ça, c'était une autre affaire. C'était *mon affaire*, celle dont il n'avait pas à connaître.

Nous n'avions plus rien à nous dire. Cependant j'avais une question à lui poser. « Et cette jeune fille, monsieur l'inspecteur, cette fille qu'on a arrêtée, que va-t-il lui arriver ?

– Bah !, fit le policier, et je l'imaginai lever les épaules avec lassitude, il va lui en coûter une année maximum, avec sursis, négociable avec un bon avocat. Elle est jeune, étudiante. Les parents relativement aisés. C'est pour son copain que les choses sont plus tristes. Vingt-trois ans, mourir comme ça !... Et ce n'est pas un cas isolé, vous savez. Si je vous racontais... À ce soir, madame Werner. Et après cela vous serez tranquille, vous pourrez rentrer chez vous ! »

Chez moi ! comme il avait dit cela ! Il devait être fatigué. Cette affaire de routine l'ennuyait ; pourtant j'avais cru entendre un peu d'humanité derrière le caractère blasé de ses paroles.

Après cette conversation, le visage du jeune mort me revint brutalement en mémoire. Et avec lui, maintenant attaché à jamais, celui de mon père. Ces mêmes cheveux blonds. Cette même folie. Et pour l'un et l'autre une mort prématurée. Accidentelle. Absurde. Albert n'avait pas trente-six ans lorsque sa vie s'était arrêtée sur une route de banlieue, au fond de l'Argentine ? Mais, curieusement, étaient-ce les circonstances, la violence de ce que j'avais appris la veille ? Le chagrin de la disparition de mon père – que j'appelais, un peu par dérision « le chagrin originel » – ce chagrin traîné toute ma vie, on aurait dit qu'il s'était comme adouci, atténué, relativisé.

Je n'étais plus dans la révolte. Quelque chose s'était passé. J'avais presque oublié le détail des récentes révélations. Tout cela – la découverte d'un passé si longtemps ignoré – qui, naguère, m'aurait si profondément bouleversée, s'était inséré presque naturellement dans l'ensemble de notre histoire. Cette histoire qui, peu à peu, se recomposait, se laissait admettre, n'avait plus le caractère scandaleux que je lui avais donné, m'arrogeant tantôt le titre de victime, tantôt celui de bourreau.

C'était juste une triste et belle histoire. Et c'était la nôtre.

Je suis sortie de la maison, comme happée par la beauté du jour, la gaîté du soleil. Quelle heure ? Sans doute près de onze heures ? J'avais l'impression que la vie, comme la journée, commençait. J'étais une autre, et c'était bon.

J'ai marché le long du boulevard, dans la direction du Manoir, sans but précis que le bonheur de respirer l'air frais du matin. Comme j'arrivais à la hauteur du cimetière, les cloches ont sonné trois coups isolés. Y avait-il un office ? Quelques femmes en noir qui marchaient derrière moi ont tout à coup tourné à gauche vers l'église. La sonnerie de cloches a repris, lente, grave. Un enterrement ? Mais ça n'avait rien de triste. Un moment encore après que le son eut cessé, j'entendais sa vibration. Il était en harmonie, je ne sais comment, dans sa plénitude, avec la pureté de l'air et le bleu du ciel.

J'ai pensé à la détestation qu'avait Anne-Marie des cloches, son exaspération quand une sonnerie commençait à retentir. « Ce glapissement stupide, disait-elle, aussi idiot que le cri des mouettes!» Elle les associait, y voyait la ponctuation de ce temps breton, de cette vie bretonne, qu'elle refusait farouchement, comme elle refusait la maison du boulevard de l'Océan, refusait notre famille et le destin qui semblait lui être attaché. Je me rappelle ses discours : « Et puis d'abord, Claire, qu'est-ce que nous sommes venus faire ici? Tu veux me dire? Rien ici n'est à nous, rien ne nous concerne!» Était-elle sincère? Pourquoi alors est-elle revenue obstinément ici, même après la mort de Berthe? Et mieux encore, en solitaire ces deux dernières années! Comment comprendre ses infatigables promenades le long de la rivière, devenues presque quotidiennes à la fin, me disait Yvonne? À nous, elle ne disait mot de ses rares sorties. Y avait-il deux Anne-Marie, celle que je connaissais et une autre, secrète, mystérieuse?

En même temps que j'entendais la voix âpre de ma mère, niant notre appartenance à la Bretagne, la réponse montait doucement en moi sous la forme d'un bleu et d'un or et d'un brun magnifiques envahissant une toile blanche, et cette splendeur me disait combien ce pays était beau, et qu'au fond d'elle-même elle le savait. Et que moi aussi, moi surtout, j'avais raison d'être là; chaque jour de cette semaine me l'avait montré. Que j'étais d'ici bien plus que de Paris. Que c'était la lumière de ces étés qui m'avait donné le regard qui était le mien, tout autant que la tristesse de notre vie familiale, que l'un n'allait pas sans l'autre, si curieux que cela puisse paraître. Ah ! combien j'avais besoin de peindre en cet instant ! C'était comme si, moi, la ratée, je comprenais enfin ce que j'étais, ce que j'aimais. Pour la première fois depuis bien longtemps, je frémissais de projets et j'étais heureuse. Je savais ce que je peindrais désormais : c'était ce pays, ces couleurs, et curieusement, ce que j'avais vécu dans cette maison s'y lirait aussi, j'en étais sûre, comme en filigrane.

En passant devant le porche de l'église où s'engouffraient quelques retardataires, j'ai entendu qu'on avait commencé à chanter dans la nef, mais je ne distinguais pas les paroles. C'était peut-être du breton. De toute façon, c'était beau, ce chœur où les voix de femmes dominaient, sortant de l'église par la porte largement ouverte.

Je comprenais que cette petite église à égale distance de la grève et de la plage, de la rivière et de la mer, c'était, peut-être là, le secret de l'Île. Notre famille l'avait ignorée, même Berthe, si îlienne qu'elle se sentît, et toute catholique qu'elle était officiellement. Baptisée, elle avait fait, comme beaucoup « sa communion solennelle », à la suite de quoi elle n'avait plus pratiqué et ne fréquentait guère l'église que pour les mariages et les enterrements. Institutrice attachée comme son mari à une tradition laïque, elle n'avait pas fait baptiser Anne-Marie. Pourtant elle avait souhaité être enterrée religieusement et avoir sa place au cimetière de l'Île, comme son mari Étienne, ce qui pouvait être considéré comme une faveur étant donné l'attachement des Îliens à leur identité. Si cela lui avait été accordé, c'était sans doute grâce à la bonne réputation du couple installé depuis si longtemps ici, et à l'appui des vieilles amies de Berthe. Sa fille, indifférente en matière de religion, avait trouvé ça simplement pratique. Pour elle-même, morte à Paris, le problème ne s'était pas posé. Je pense que ça lui était égal, à Anne-Marie, l'endroit où elle serait enterrée. Quant à Armelle et moi, nous n'aimions pas les tombes : avions-nous jamais déposé des fleurs sur celle de Berthe ? Et je n'étais pas retournée au cimetière parisien où étaient déposées les cendres de maman. Mais c'est vrai, la beauté de ce chant me troublait et je comprenais que Berthe ait voulu reposer là.

J'ai poursuivi jusqu'à la grève, en passant par la venelle qui s'ouvre à quelques pas de l'église, de l'autre côté de la rue. Là, immédiatement commence un autre univers. Celui qu'on appelle ici, par opposition au « côté mer », le « côté rivière ». C'était celui qu'Anne-Marie aimait, me disait Yvonne.

Je la connaissais bien, cette promenade. Mais, aujourd'hui, c'est avec ma mère que je voulais la faire, tout près d'elle, en elle, dans l'espoir un peu fou de deviner ce qu'elle pensait quand elle partait comme ça, toute seule.

« Je sors », disait-elle simplement, et il ne nous serait pas plus venu à l'esprit de demander à l'accompagner qu'à elle de nous le proposer. Elle voulait être seule, comme elle était seule dans la lecture de ses livres. Seule à dormir tard le matin, au temps de nos derniers étés. Seule à garder le secret de ce qui s'était réellement passé entre son mari et elle. Seule à savoir qui était le père d'Armelle. Seule à savoir ce qu'il était réellement advenu d'Albert.

J'ai marché dans tes pas, maman, côté rivière. Ce côté où l'on est tranquille, où l'on ne rencontre presque personne. Les gens ne se baignent pas là, ou rarement, car ce n'est pas vraiment la mer : l'eau de la rivière ne semble pas aussi claire que celle de la plage, le sol y est par endroits tapissé de galets rudes, on peut se blesser sur des morceaux de verre. En revanche, si la vue n'ouvre pas sur l'infini de l'océan, elle a le charme de l'intime, enserrée entre des rives boisées où s'aperçoit ici et là un château oublié, à moins qu'elle n'offre soudain une perspective sur les petites îles de l'estuaire. On dirait ici le ciel plus calme, qui promène silencieusement ses nuages au-dessus de l'eau et des arbres. De temps à autre une barque passe. On a l'impression de rêver, d'être dans un monde parallèle, pas tout à fait réel. Tu aimais, je le comprends maintenant, ce paysage tranquille, si différent du côté mer. Il te ressemblait, aussi étranger à la vie commune que tu pouvais l'être.

Je t'imagine cheminant le long de l'eau à ta gauche, avec à ta droite la suite, continue mais variée, des villas dont terrasses et fenêtres regardent la rivière, quand l'entrée de la maison se fait à l'arrière, par une petite porte, rue principale. Le côté de l'eau, c'est le côté silencieux, heureux et secret de ces demeures, celui de l'intimité. L'autre, celui de la rue, c'est le côté public, anonyme, sans âme. Ceux qui ont la chance de vivre dans ces maisons-là, c'est à l'arrière qu'ils se tiennent, sur leurs terrasses, derrière leurs fenêtres, discrets, et comme jaloux de leur bonheur. On ne les voit guère quand on passe. Je ne peux m'empêcher de penser que c'est l'une de ces demeures, secrètes et lumineuses, que tu aurais aimé habiter, maman, plutôt que la nôtre, notre drôle de maison soumise au passage des voitures, à la bruyante proximité de la plage, au fracas des vagues les jours de tempête, et vouée la nuit, prétendais-tu, à d'obscurs maléfices. Tu rêvais de partir. Tu rêvais d'ailleurs. Et pourtant tu restais, et pourtant, toujours, tu revenais. Et c'est même ici que tu as été la dernière à vouloir passer l'été, quand nous avions, nous, abandonné. Alors, elle a raison, Yvonne : cette maison, cette drôle de maison, notre maison de Bretagne, il fallait bien que tu l'aimes ?

Je devine ta pensée au fur et à mesure de ta promenade, suivant la jolie courbe de la grève, quand tu passais devant la tourelle de la villa qui fut celle du couturier Poiret (comme tu aurais aimé les élégances de ce temps-là !) ; que tu arrivais à la jetée du parc à huîtres où nous allions, parfois, Armelle et moi, acheter des creuses, le dimanche pour le déjeuner ; que tu découvrais le chemin sablonneux qui mène à la cale des Américains. Là, il y avait naguère dans la crique un vieux bateau de pêche échoué. Les enfants venaient y jouer, s'y cacher. Ça nous est arrivé aussi, à nous, tes filles, mais tu n'en savais rien, maman. Tu savais si peu de choses de ce que nous faisions, quand tu lisais Proust, interminablement, dans la pénombre de notre maison, ces après-midi d'été. Et, quand il t'arrivait de sortir, nous ignorions tout de ta promenade solitaire sur cette grève, et peut-être toi-même n'aurais-tu pas reconnu tes filles dans ces enfants sauvages qui jouaient sur le bateau échoué. Tu étais si distraite, maman. Et si triste.

C'est ton regard, maman, que je revois à présent, ce regard distrait, absent, toujours en fuite. Ces yeux gris, où parfois, dans le soleil, un peu d'or se mêlait, mais sans gaîté, et qui semblaient à peine nous voir, ni les choses qu'ils avaient l'air de regarder. Tu étais une passante, maman, sur cette grève où je t'imagine allant de ton pas égal, léger, indifférent, les mains dans les poches, la tête dans les nuages, comme tu l'étais dans la vie. Et cette passante, il a fallu tout ce temps pour que je la rencontre et que je l'aime.

Je suis rentrée à la maison, fatiguée, mais comme exaucée de je ne sais quelle prière informulée. J'avais en fait le sentiment d'avoir retrouvé maman. Et c'était bon. Les choses étaient enfin en ordre. Dénouées. Accomplies.

Boulevard de l'Océan, il y avait dans l'air une sérénité étonnante, la mer ne bougeait pas, il n'y avait aucun vent. Quelques promeneurs isolés marchaient, pensifs, le long de la mer, sensibles aurait-on dit à la calme beauté du ciel, parfaitement bleu. Personne ne jetait ne fût-ce qu'un coup d'œil à la maison du crime. J'introduisis avec bonheur ma clé dans la serrure.

Cette fois, j'ai eu vraiment l'impression de revenir chez moi. Chez nous. Que cette odeur de salpêtre et d'ancienneté, c'était celle de la maison où j'avais toujours vécu. La maison de Berthe et Étienne. Celle d'Albert et Anne-Marie. La mienne et celle d'Armelle. Oui, tout le monde était là. Ce n'était pas une maison vide. C'était la nôtre. C'était ma maison.

J'avais faim après ma petite marche au soleil. À presque trois heures de l'après-midi, je me suis préparé un repas frugal, bien dans le style de ceux de ma mère, et je souriais à la pensée qu'elle me vît, moi qui me moquais toujours de son ascétisme.

D'ailleurs cette cuisine, dans sa simplicité – l'antique évier de pierre, la gazinière hors d'âge, le réfrigérateur à la respiration laborieuse –, comme elle était devenue mienne ! Armelle et moi ne cessions pourtant autrefois de protester, nous trouvions tout cela si tristement vétuste ! Berthe, elle, avait, paraît-il, aimé d'emblée (le jour où avec son jeune mari elle avait visité la maison) cette cuisine primitive qui lui rappelait en plus spacieux celle de leur modeste appartement parisien. Quant à Anne-Marie, détachée qu'elle était de la réalité, elle n'avait jamais remarqué ni l'inconfort du lieu ni l'anachronisme de l'équipement.

En tout cas, du temps de Berthe, tout y était dans un ordre et une propreté quasi monacales.

J'ai le souvenir de mon père entrant en coup de vent dans la cuisine et s'écriant, avec l'accent du bonheur : « Ah que c'est beau ici ! Berthe, je vous adore ! » Il est vrai que chez nous, rue Lecourbe, dans notre appartement bohème, ce n'était pas la même chose…

Cette petite scène de vacances, revue avec tendresse, voilà qu'elle me donnait envie de rivaliser avec Berthe, de rendre à sa cuisine tout son éclat, comme un jeu en somme ?

Ainsi tout allait bien. J'étais dans la maison que, grâce au ciel – quasi miraculeusement –, je n'avais pas vendue. J'en avais terminé avec la police. J'étais libre de rentrer à Paris dimanche comme il était prévu. Lundi, j'allais reprendre, mon travail chez Axa, le cours de ma vie *normale.* Mais au lieu de m'en réjouir, je sentais monter en moi la tristesse du départ. Et la contrariété de quitter un endroit où je me sentais bien et une personne dont l'amitié m'avait touchée et à laquelle je n'avais pas eu le temps d'exprimer ma reconnaissance, Yvonne.

Le plus simple était de l'inviter à dîner quelque part avec son fils, qui s'était montré si charmant, et qui lui aussi avait connu maman. Mais il ne restait guère de jour possible pour cela que le lendemain, samedi. Il fallait donc que je passe chez eux au plus vite pour le leur proposer, et que je revienne à temps à la maison pour la levée des scellés annoncée par le policier.

J'ai donc couru rue des Dentellières en passant cette fois par la rue des Pêcheurs et la petite venelle du Délestage. C'est là que je me suis trouvée face à face avec un couple qui arrivait en sens inverse, bras dessus bras dessous : j'ai reconnu l'homme et la femme qui dînaient à la table voisine, lundi soir, à l'Hôtel Moderne.

J'étais gênée au souvenir de la brusquerie, à la limite de l'impolitesse, avec laquelle j'avais coupé cours à la conversation, ce soir-là, et leur avais faussé compagnie alors qu'ils étaient si aimables. Mais ils ne semblaient pas du tout m'en tenir rigueur et me regardaient en souriant.

« Bonsoir ! m'a dit la femme en me tendant la main. Cette fois nous savons que vous êtes bien *la petite à Berthe* ! Excusez-nous, mais avec mon mari, on vous appelle comme ça à présent ! Vous voyez, là, on vous a tout de suite reconnue ! *Gast !* C'est un plaisir de vous rencontrer. Alors vous restez un moment par ici ? »

Non, j'étais obligée de repartir pour mon travail, à Paris. Mais j'allais revenir bientôt, me suis-je entendue dire avec surprise.

– Ah oui, pour la Toussaint ?

– C'est ça, pour la Toussaint, ai-je fait en écho.

Et comme nous nous quittions dans les meilleurs termes, je riais en me pressant vers la rue des Dentellières, à la pensée que je venais de m'annoncer à moi-même la date de mon retour.

Chez Yvonne, c'est Julien qui m'a ouvert. Il m'a tout de suite dit qu'il y aurait un nouvel article le lendemain dans le journal pour clore l'affaire du boulevard de l'Océan. Il était désolé, il aurait voulu que paraisse plus tôt son article, mais, au journal, ils avaient préféré attendre que ce soit officiel. J'ai rassuré le jeune homme, tout allait très bien, les curieux ne rôdaient plus autour de la maison. Sa mère nous a rejoints, heureuse de me voir, mais je lui ai aussitôt dit que je ne pouvais pas m'attarder : la police devait passer chez moi pour lever les scellés car l'affaire était totalement éclaircie, il n'y aurait pas même de reconstitution des faits. Si bien que je pouvais partir dimanche, comme il était prévu.

Il y a eu un silence. Visiblement Yvonne comptait que je sois retenue sur l'Île par l'affaire ! Elle était déçue. Elle aurait tant aimé « me garder un peu ». Quelle folie, s'est-elle lamentée, à peine arrivée, je repartais ! Je serais restée à peine une semaine ! Et encore j'aurais passé tout mon temps avec la police ! Alors que nous avions tant à nous dire, elle et moi !

Pour la calmer, je lui ai annoncé que j'allais revenir très bientôt, dans quinze jours, pour la Toussaint, que c'était décidé ! Elle s'est exclamée, prenant à témoin son fils de la bonne nouvelle. Mais tout de suite, pragmatique, sérieuse, elle m'a dit qu'à ce compte, puisque je revenais si vite, il valait mieux que, dimanche, je laisse ma voiture à Quimper et que je rentre à Paris par le train, comme font ici les Parisiens, pour pouvoir revenir souvent. Pour un peu, moi la réservée, la timide, je lui aurais sauté au cou. Ainsi la chose était actée. Je reviendrais souvent. J'étais pour ainsi dire du pays !

Mais nous étions toujours sur le pas de la porte. Yvonne insistait pour que je prenne au moins un café. Je lui ai fermement répété que je ne pouvais pas. J'étais juste venue dire bonsoir et les inviter, elle et son fils, à dîner avec moi sur le port le lendemain soir avant mon départ, si c'était possible pour eux ? Ils souriaient tous les deux ; Julien était libre, et j'ai vu à leur mine que mon invitation leur faisait plaisir. J'ai proposé L'Estran, un petit restaurant du port, peint en bleu et blanc, devant lequel j'étais passée et qui m'avait semblé sympathique.

Yvonne tressaillit. « C'est drôle, me dit-elle avec émotion. Vous ne pouviez pas savoir, mais, L'Estran, c'était justement le restaurant de madame Werner. Elle y allait souvent seule. Ou avec cette dame dont je vous ai parlé, madame A., qu'elle aimait beaucoup… Une fois seulement avec moi. Moi, ça m'intimidait de sortir avec elle.

– Mais demain, avec moi ?

– Avec vous ce n'est pas pareil. Je ne suis pas votre femme de ménage. Et puis vous pourriez presque être ma fille ! »

C'était la chose la plus gentille qu'on m'ait dite depuis longtemps.

Cette fois je l'ai serrée bien fort dans mes bras, et avec un petit signe d'adieu à Julien, je me suis sauvée. J'étais moi aussi tout émue.

L'inspecteur Brun est arrivé peu après mon retour au boulevard de l'Océan, accompagné d'un gendarme. J'ai précédé les deux hommes dans le couloir. Sur la porte de la petite chambre, l'affichette rouge insolite était en place, attestant qu'il s'était bien passé là quelque chose de grave, qui requérait l'intervention de la justice. Le gendarme, sur un signe du policier, a d'une pichenette fait sauter le plomb du scellé ; puis il a brusquement ouvert la porte, révélant d'un coup l'intérieur de la pièce.

Je m'attendais à revoir la *chambre du crime,* le sinistre décor du lit sans drap, l'image saisissante du jeune mort allongé ; mais quand le policier eut ouvert la fenêtre, et, repoussant les volets fait entrer la lumière, il n'y avait plus là que la chambre de Berthe, ou plutôt une banale chambre de vacances, claire et innocente. Ce n'était rien d'autre.

« Et voilà, madame Werner ! C'est fini ! », me dit l'inspecteur en souriant.

Il y avait des papiers à signer. Nous sommes allés nous asseoir dans la grande pièce. Ce changement de lieu donnait presque à la chose un air de cérémonie. Un temps, un silence. Comme le policier sortait des feuilles imprimées de sa serviette de cuir sombre, j'ai osé lui demander des nouvelles de la jeune fille arrêtée. Il a eu l'air surpris.

« Mais pourquoi ? », a-t-il fait avec brusquerie

Évidemment il ne pouvait pas comprendre ce que son histoire signifiait pour moi, même s'il avait eu vent des problèmes de ma sœur. Il s'est contenté de me dire, si le cas m'intéressait, que la fille était en préventive, mais qu'elle n'aurait pas très longtemps à attendre le procès, un simple jugement en correctiònnelle, sans doute.

« Ainsi va le monde ! », a-t-il conclu étrangement. Et comme s'il en avait déjà trop dit, il a rassemblé ses papiers, et, se levant, m'a tendu la main.

Le gendarme, demeuré debout près de la porte pendant notre entretien, m'a fait un bref salut militaire. Lui ne souriait pas.

Je les ai raccompagnés jusqu'à la rue. En montant dans sa voiture François Brun a levé les yeux vers moi, qui restais sur le seuil en proie à une curieuse émotion. Nos regards se sont croisés. Que représentait-il pour moi, cet homme que je ne reverrais sans doute jamais, et qui avait été, bien involontairement, pendant une semaine, le faiseur de mon histoire ? J'ai souri pour moi-même à la pensée qu'en d'autres temps, peut-être, il m'aurait plu. J'étais décidément en train de changer.

Samedi

Les mouettes ce matin, réveillées un peu plus tôt que moi, jacassaient déjà. Pourtant il faisait à peine jour quand j'ai repoussé les volets de ma chambre contre le mur. Petite émotion à la pensée que je faisais ce geste pour l'avant-dernière fois. Demain, dans l'excitation du départ, peut-être le ferai-je sans même y penser. Et lundi matin, c'est rue Lecourbe que je me réveillerai, et que j'ouvrirai des volets de fer en accordéon dont je croyais déjà entendre le grincement plaintif dans le vacarme de la circulation.

Ce samedi, la journée tout entière, cette dernière journée, serait dédiée au rangement et au grand ménage commencé la veille et qu'il fallait poursuivre. Et puis j'avais besoin de cette espèce de conversation d'adieu, même temporaire, avec la maison que j'allais quitter.

Je me suis souvenue des jours de ménage avec Armelle. J'allais dire de nos « parties de ménage », car elles étaient rares et prises plus comme un jeu que comme un travail sérieux, ces velléités. Berthe s'était longtemps occupée de tout; elle y mettait un point d'honneur, et ce n'était pas Anne-Marie qui lui aurait disputé ses prérogatives. Quand au début des vacances nous arrivions, nous étions chez notre grand-mère, et elle entendait que nous restions dans notre rôle d'invitées. C'est assez tardivement que ma sœur et moi avons commencé à l'aider; je crois que j'avais dix-sept ou dix-huit ans, Armelle douze ou treize, et la vieille dame était déjà assez fatiguée. Plus tard, c'est vrai, le ménage a reposé entièrement sur nous : c'est dire que la maison n'avait plus aussi bel air.

Curieusement, voilà que, occultant les souvenirs sombres que j'avais d'Armelle, et du mauvais rôle que j'avais joué auprès d'elle, c'est de ces séances de ménage si gaies que je me souvenais, quand, coiffées par jeu d'un foulard, nous courions, balai et plumeau à la main, d'une pièce à l'autre en chantant des rengaines. Je me rappelle que nous faisions tellement de bruit, braillant nos chansons, forçant le volume d'un transistor, et traînant avec fracas notre attirail de seaux et balais dans l'escalier, que parfois maman, exaspérée, ouvrant la porte de sa chambre, s'indignait : « Mais enfin que se passe-t-il? Êtes-vous devenues folles? »

Nous riions. J'entends notre rire et j'ai envie de pleurer au souvenir de tant de bonheur possible et perdu.

J'ai fait le ménage des chambres. Toutes. Celle d'Armelle en particulier. Même si elle ne revient jamais, je l'attendrai. Sa chambre sera là. Pour elle. Quand elle voudra.

J'ai tout nettoyé. À fond. Soigneusement. J'ai passé l'aspirateur partout, m'aplatissant sur le plancher pour traquer la poussière sous les meubles. J'ai nettoyé les vitres, et c'était comme si je rendais un regard à chaque fenêtre, l'ouvrant à la lumière, à la vie.

J'ai dépoussiéré le petit placard du couloir du premier étage, converti depuis longtemps par Anne-Marie en bibliothèque. C'était là qu'autrefois mon père rangeait le matériel de peinture qu'il emportait en vacances. Dès son départ, elle avait rageusement vidé le cagibi de son contenu, pour y installer aussitôt ses livres préférés. Pauvre maman, ce placard aura été comme l'enjeu dérisoire du long duel de son mariage. Mais on ne peut pas dire, malgré les apparences, qu'elle en soit sortie victorieuse.

J'ai fait le tour des pièces du premier étage, pris note de tout ce qui n'allait pas, de tout ce qu'il faudrait changer, à commencer par la chaudière de la salle de bains et tout le sanitaire. Et j'ai fait la liste dans les chambres de ce qu'il fallait jeter, chaises boiteuses, tables bancales, lampes hors d'usage. Et puis, me disais-je dans une espèce de fièvre rénovatrice, il faudrait au plus vite arracher ces papiers peints hors d'âge, blanchir ces plafonds grisâtres, repeindre ces boiseries écaillées.

Et les volets, mes chers volets de bois, jadis bleus, ils n'avaient plus de couleur, et leurs lattes commençaient à branler ! Encore une ou deux tempêtes comme celle d'avant-hier, qu'en resterait-il ? L'escalier, il serait bon, tout au moins, d'en repeindre la cage, et pourquoi pas la rampe et les marches et surtout d'y mettre la lumière ! Tu te rappelles, Armelle, un soir de retour tardif dans l'obscurité, ta chute fracassante et notre fou rire ? Quand tu reviendras, au moins il y aura de la lumière !

Tout cela, je voyais bien que c'étaient de vrais travaux. Où en trouverais-je l'argent ? Je n'en avais pas idée, mais, l'argent, ce n'était pas un problème.

C'était moins l'argent qui avait manqué à Anne-Marie – comme à moi-même – pour entretenir cette maison, que l'envie, le désir, le besoin de vivre. Ce que je m'apprêtais à jeter, avec les chaises bancales, et la vieille tapisserie, c'était mon ennui, ma résignation, ce chagrin aussi qui avait empoisonné ma jeunesse, la sienne, la nôtre. Nous avions été malades de ce chagrin, ma mère et moi, toutes les deux, toutes les trois, si l'on pense à Armelle; encore que, pour elle, le cas était un peu différent : ma petite sœur ne s'était-elle pas révoltée à sa façon contre ce sommeil mortifère, même si les moyens qu'elle avait trouvés pour le faire n'étaient pas les meilleurs. Mais elle avait fini par s'en sortir. Nous, Anne-Marie et moi, le veuvage nous avait intoxiquées plus durablement. Et nous nous étions complu à instiller ce poison à la maison jusqu'à ce qu'elle en meure. À croire que la détruire, nous détruire était notre désir profond.

Mais à présent je vivais, je vivais, et la maison elle aussi allait vivre!

Je suis entrée dans la chambre de Berthe : nulle appréhension cette fois à ouvrir cette porte, puis la fenêtre et les volets. Là aussi j'ai relevé les cotes, la surface au sol, la largeur de chaque panneau mural, sa hauteur, les dimensions de la fenêtre. C'est là que j'installerais mon atelier, puisqu'il était décidé que ce serait surtout ici que je peindrais, plus qu'à Paris, les fins de semaine, aux vacances. Le lit étroit, je le repousserais contre un mur, celui qui fait face à la fenêtre, de façon à en faire un canapé que je couvrirais de l'un des merveilleux jetés brodés de Berthe. Il me faudrait un chevalet que je placerais à la bonne lumière, ici, à gauche de la fenêtre. Je mettrais contre ce mur une longue planche sur tréteaux pour déposer matériel et croquis. Tout cela déjà tellement vivant dans mon esprit, jusqu'aux détails ! La provision de toiles vierges, je l'aurais là, debout à même le sol, au pied du mur de droite.

Ce projet-là, du moins, me semblait simple. Il ne dépendait que de moi et serait réalisé dès mon retour. Et je n'ai pu m'empêcher de penser que cette petite chambre où s'abritait secrètement, pour moi, le souvenir d'Albert était toute désignée pour devenir l'atelier de sa fille.

Je me suis tout à coup aperçue qu'il était sept heures ! J'étais épuisée mais tellement surexcitée que je ne sentais pas la fatigue ! Il ne me restait que le temps de me laver les mains et de me changer en vue du dîner avec Yvonne et son fils. Et j'en étais déjà toute gaie. Cela aussi était nouveau : depuis quand m'étais-je autant réjouie à l'idée d'une soirée entre amis ?

C'est Julien cette fois encore qui m'a ouvert la petite porte maintenant familière de la maison d'Yvonne « Elle n'en finit pas de se préparer, me dit en riant son fils. Elle est si contente que vous l'invitiez ! »

Moi aussi j'étais heureuse de les retrouver tous les deux, elle, cette femme étonnante, et le gentil journaliste qui avait un peu humanisé mon rude début de semaine. Nous avons parlé de son métier. « Mais, m'a-t-il tout de suite dit, ce travail au *Télégramme*, vous savez, pour moi ce n'est rien, c'est en attendant… Ce que j'espère, c'est pouvoir terminer mes études de psycho… » J'aurais voulu en savoir plus, mais il me fit signe qu'Yvonne arrivait. Je compris qu'il y avait là un sujet difficile ? Il m'en parlerait plus tard, j'en étais sûre.

Sa mère, que je voyais pour la première fois sans sa blouse de ménagère était en pantalon et léger pull bleu marine, et elle avait passé un blouson blanc qui la rendait élégante. Je me suis étonnée du charme tout naturel que pouvait avoir cette femme aux cheveux gris que je pensais âgée de plus de soixante ans. Elle m'embrassa, me demanda si Julien ne m'avait pas trop « cassé la tête avec son bavardage », mais je voyais bien, à la façon dont elle le regardait, combien elle était fière de lui.

En chemin vers le port, elle me parla de L'Estran, me redit combien ma mère appréciait ce petit restaurant qui venait de s'ouvrir, ce qui ne laissa pas de m'étonner, tant je me rappelais la sauvagerie de maman, sa distance à l'égard des restaurants. « Ah mais L'Estran, c'est un endroit spécial, me dit Yvonne en riant. D'abord la cuisine est très bonne, et puis, quand tu verras Henri, tu comprendras ! »

Elle m'avait tutoyée dans son enthousiasme, et j'ai souri de plaisir. Mais déjà elle poursuivait, m'expliquant que le patron de L'Estran était un garçon du pays qui avait rapidement fait de ce petit local une des meilleures tables de la région, néanmoins accessible à tous. « D'ailleurs, tu dois le connaître de vue, on le remarque de loin… » Non, je ne voyais pas. De toute façon, moi, ici, je ne connaissais personne.

La nuit tombait déjà et il faisait un peu frais sur le port; c'était agréable d'entrer dans la tiédeur du petit restaurant brillamment éclairé à l'intérieur.

Un grand et gros homme, serré dans un tablier blanc, vint au-devant de nous. Il embrassa Yvonne et Julien. Me tendit la main. « Henri », fit-il simplement. « Mon amie Claire », murmura Yvonne en me présentant. C'est la fille de madame Werner. « Ah madame Werner! une vraie dame! On l'aimait bien, ici, votre maman! » fit le cuisinier. Et alors, à ma surprise, il se pencha vers moi et m'embrassa sans façon sur les deux joues. Comme nous gagnions la table que j'avais retenue près d'une fenêtre donnant sur la mer, Yvonne me dit à voix basse que je ne devais pas m'étonner : sur l'Île, c'était comme ça, les amis de nos amis étaient adoptés. Et moi d'habitude si timorée et incapable de spontanéité, je me suis sentie curieusement à l'aise. Ma mère aurait-elle éprouvé la même chose? J'avais une nouvelle fois l'impression d'aller sur ses traces, et cela m'était étrangement doux.

Le décor de la salle était bleu et blanc, murs bleus, tables et chaises blanches. C'était simple et joli. Il y avait huit petites tables, dont deux seulement occupées en plus de la nôtre : « C'est la morte-saison, me dit Julien, mais en été ils refusent du monde ! »

Une jeune fille nous a apporté un menu qui me parut raffiné. « Pour en finir avec Henri, chuchota Yvonne à mon oreille, il faut te dire que sa mère les a bien élevés, lui et ses frères et sœurs. Elle lui a fait faire de vraies études de cuisine, alors qu'elle était simple serveuse à l'Hôtel Moderne... Tu dois l'avoir connue, elle, Marguerite ? Une figure de l'Île ! On la voyait arriver du village voisin à vélo aux aurores, pour prendre son travail, hiver comme été, et elle a fait ça encore bien au-delà de la retraite ! »

Et, tout à coup, je me suis rappelé : c'était elle la vieille dame un peu voûtée, qui nous avait servies, si aimable avec nous, si polie, si attentionnée, ce jour où, par extraordinaire, nous étions allées déjeuner à l'Hôtel Moderne, avec maman et Armelle ; et c'était la même qui était là aussi, quelques années plus tôt, au même restaurant, appelé alors Le Malamok, mais alors elle semblait bien plus jeune, le jour du déjeuner sous le parasol à rayures bleu et blanc, avec mon père, ma mère et Berthe. Tout un déroulé de souvenirs et de pensées s'est fait en moi. Je pensais à ce déjeuner, je le revoyais dans une émotion qui m'étreignait presque douloureusement. Et l'idée m'est venue que, pour maman aussi, c'était un souvenir important, l'image même du bonheur, et c'était ce qui l'avait attachée au patron de L'Estran, quand elle avait su qui il était… Alors je me suis sentie heureuse. Rassurée. Reconnaissante. Consciente de la chaîne de tendresse qui m'avait amenée ici, ce soir.

– Donc tu imagines, poursuivait Yvonne pour Henri, avec son parcours, ce que peut représenter sa mère… C'est en pensant à elle, peut-être, qu'il est si gentil pour les vieilles dames, et qu'il était notamment si attentionné pour ta mère et pour madame A…

– Madame A… ?

C'était la seconde fois qu'elle mentionnait ce nom, que je me rappelais avoir lu dans l'agenda de maman sans savoir de qui il s'agissait.

Yvonne m'a alors expliqué que c'était une dame très âgée qui venait, elle aussi, depuis des années, en vacances sur l'Île où elle avait une petite maison à la pointe. Une ancienne psychanalyste. « Une femme adorable, un peu excentrique (tu aurais vu ses chapeaux, ses jupes à franges !) mais un puits de science. Ici tout le monde l'appelait « la psy », même si elle n'exerçait plus. Elle avait connu ta mère par mon intermédiaire, car je faisais le ménage chez l'une et l'autre. Et elles étaient devenues très amies. « Tu comprends, Claire, pour ta mère, la conversation d'une femme cultivée, c'était tout de même plus intéressant que la mienne! », me dit-elle en riant, sans aucune amertume. Julien précisa que cette dame avait fait autorité dans sa profession. Qu'elle était pourtant tellement simple! C'était elle qui, à l'époque où il passait le bac, lui avait prêté des livres, et l'avait encouragé à commencer des études de psychologie! J'ai vu qu'il était ému et je lui ai assuré qu'il les terminerait, ses études, que tout irait bien. Il a eu l'air sceptique. Évidemment il était obligé de travailler en même temps, ce n'était pas facile. J'ai remarqué l'expression soucieuse de sa mère.

Il y a eu un silence et, changeant de sujet, j'ai demandé s'ils savaient, Yvonne et lui, si ma mère, en dehors de sa relation d'amitié avec « la psy », avait eu recours à elle en tant que thérapeute. Julien éclata de rire : « Non, ce n'aurait pas été possible. Mais ça n'empêchait pas de parler... » Yvonne intervint alors pour dire – elle le tenait de ma mère – que l'histoire de notre famille intéressait beaucoup madame A. Que, selon elle, les problèmes familiaux relèvent toujours d'un *truc,* un élément resté obscur qu'il faut dépister et éclairer... Qu'un problème peut se répéter de génération en génération... Elles parlaient souvent des heures, ta mère et madame A., chez l'une ou chez l'autre, ou dans un des cafés du port.

À entendre tout cela, j'allais de surprise en surprise : ma mère, fréquentant les cafés et parlant de sa famille avec une presque inconnue, de surcroît analyste, elle si réservée, si secrète ?

– Mais cette dame, ai-je vite demandé, elle vient encore sur l'Île ?

– Madame A. ? Elle est morte, la pauvre, deux ans après madame Werner, donc il y a plus de cinq ans.

Je me suis tue. Ainsi l'espoir d'en savoir un peu plus sur ma mère s'évanouissait. Mais peut-être était-ce mieux ainsi. Au fond, je préférais que son image reste pour moi ambiguë, brumeuse. Je ne l'en aimais que mieux.

Je dis à Yvonne le plaisir que j'avais eu la veille à me promener côté rivière en pensant à ce qu'elle m'avait dit de maman, que cela avait été un bonheur. Elle m'a paru contente, et elle a de nouveau eu ce joli geste de poser silencieusement sa main sur la mienne.

Je me sentais bien. Heureuse de voir, derrière la vitre où se reflétait la bougie de notre table, la mer et le ciel s'obscurcir, ne faire plus qu'un. Heureuse de la présence de mes deux amis, de leur regard, de la quiétude de leur parole. Je ne sais pas si je les écoutais tout à fait. J'étais sur un nuage. Peut-être le muscadet n'était-il pas étranger à cette euphorie. Yvonne me posait une question et je suis revenue sur terre. Nous avons parlé du train que je prendrais le lendemain matin à Quimper, vers onze heures. Qui me mettrait à Paris trois heures et demie plus tard. J'aurais laissé ma voiture au parking de la gare, où je reviendrais la prendre bientôt, très bientôt puisque je revenais à la Toussaint !

Julien et Yvonne me regardaient en souriant. Comme c'était simple ! J'étais étonnée de la révolution qui s'était faite en moi à mon insu, ces derniers jours. La vie avait gagné, contre toute attente. Et la maison était là, maintenant, pour en témoigner, sauvée de justesse.

Et je comprenais qu'une maison, ce n'était pas seulement des murs, un toit et des souvenirs de famille, doux ou cruels, mais aussi le pays où elle a été plantée. La maison de Bretagne, c'était la Bretagne, sa lumière, ses couleurs, ses parfums ! Et ses gens, surtout ses gens, qui en sont l'âme vive, avec leur gentillesse, leur simplicité, leur énergie. Sans eux, elle n'existerait pas, ma maison !

Je ne me rappelle plus exactement la suite du dîner – délicieux – ni la teneur de notre conversation. Je rêvais, je ressassais des souvenirs. Je sais seulement que nous étions heureux d'être ensemble tous les trois. À la fin du repas, Henri est venu nous demander si « ça s'était bien passé », et c'était drôle de l'entendre employer cette formule de restaurateur, alors qu'il avait le regard de l'amitié. Quand il a appris que je partais le lendemain, il a tout de suite parlé de mon retour sur l'Île, bientôt, espérait-il. « Mais Claire revient à la Toussaint ! », l'a tout de suite interrompu Yvonne. « J'espère bien ! », a-t-il répliqué en écho. Que ce fût un peu commercial n'avait pas d'importance, je regardais cet homme en pensant qu'il avait connu maman, qu'il l'avait vue s'asseoir ici toute seule, qu'il avait parlé avec elle, et cela me faisait chaud au cœur.

Yvonne et son fils me raccompagnaient boulevard de l'Océan. Nous nous taisions. Au-dessus de la mer, la nuit était bleu marine, piquetée de minuscules étoiles, immensément calme. C'était plus beau que jamais. Comme nous arrivions devant la maison et allions nous séparer, après une hésitation, j'ai fini par brusquement leur dire : « Il faut que je vous avoue quelque chose... En fait, si je suis venue ici, c'était pour vendre la maison...

– Vendre la maison ? Vendre la maison de ta mère ? s'est écriée Yvonne, stupéfaite. Tu n'aurais pas fait ça !

– Si. Mais les événements ont fait que je n'ai pas pu… Et puis, ces jours-ci, j'ai compris bien des choses… Alors j'ai changé d'avis !

Julien nous écoutait. Il avait un petit sourire. Je pense qu'il m'avait crue, lui. Et peut-être qu'il avait deviné ce qui m'arrivait.

– Mais non, Yvonne, me suis-je empressée de dire, la voyant bouleversée. C'est oublié tout ça. Je la garde, ma maison ! Tu peux en être sûre ! »

Pour toute réponse Yvonne m'a serrée très fort contre elle. Je les ai encore embrassés tous les deux. Oui, ces deux-là étaient un peu ma famille, à présent.

Je les ai regardés s'éloigner le long du boulevard pour rentrer chez eux. Je comprenais qu'ils étaient heureux de goûter le soir en marchant le long de la mer. Yvonne s'appuyait au bras de son fils. Quand ils ont tourné sur la gauche pour rejoindre la rue des Dentellières, ils m'ont fait signe de la main. J'ai levé la mienne en retour. Et j'ai senti avec bonheur la tristesse de quitter ce qu'on aime.

Dimanche

Ce nouveau matin, on était dimanche. Il fallait partir.

J'ai refermé tous les volets de la maison, un par un, soigneusement, avec tendresse. Les volets des chambres ; ceux de la grande pièce du bas ; ceux de la petite chambre de Berthe, mon futur atelier. Tout était maintenant rendu au silence et à l'obscurité. Laissé à l'attente de mon retour. Ma petite valise à la main, j'ai bien refermé la porte de la rue derrière moi, et, du trottoir, j'ai jeté un dernier regard à l'alignement des volets clos, les miens, ceux des voisins. En ce dimanche matin, il n'y avait personne, boulevard de l'Océan. Les estivants, c'est vrai, étaient partis depuis longtemps. Mais, perché sur le muret de la plage, un goéland immobile m'a regardée attentivement de son œil rond monter dans ma voiture.

C'était bizarre de retraverser l'Île en sens inverse de mon arrivée du dimanche précédent. De revoir une dernière fois le village, ses maisons tranquilles, les couples de retraités marchant paisiblement sur le bas-côté, l'échappée bleue des venelles, les pins parasols centenaires dressés de part et d'autre de la route. Tout cela familier et déjà absent, mais quitté sans mélancolie, puisque je savais, cette fois, que je reviendrais, que la maison m'attendait, et avec elle, sur l'Île, à présent, quelques-uns.

Une sonnerie de cloches disait dix heures du matin dans le silence.

Il faisait beau. Sur la plage, cet après-midi, les gens d'ici sortiraient. S'installeraient en famille au soleil sur le sable. Ou marcheraient le long de la mer.

La vie était là, *simple et tranquille*. Celle que nous autres n'avions pas su voir, et dont, à présent, je percevais la douceur et la force.

En route, il y eut les odeurs changeantes des bois et des champs, le parfum des branches qu'on brûlait quelque part, le chant d'un oiseau. Je sentais l'incroyable bonheur d'exister et d'avoir droit à tout cela.

La petite gare de Quimper, avec sa façade de briques roses et blanches m'apparut comme un jeu d'enfants : de ces constructions de bois peint qu'on nous offrait à Noël. Elle m'enchanta. Je la connaissais peu, étant rarement arrivée par le train, de toutes ces années, sinon du fait de circonstances particulières qui m'avaient empêchée de faire le voyage en voiture seule ou avec la famille. Quant à aller chercher quelqu'un à la gare ? Armelle, peut-être, en de rares occasions, mais je n'en ai pas le souvenir. Ma mère avait dû s'en charger.

Mais, tout à coup, je me suis souvenue qu'une fois, une seule, c'est Albert que j'étais venue chercher ici, avec maman. Quand ? Que s'était-il donc passé ? Oui, je crois savoir : il avait dû faire un rapide aller et retour à Paris. Je me souviens seulement de l'impression singulière que j'avais eue à le voir arriver, seul, sur le quai. Il ne me voyait pas encore. Il avait l'air, je me le rappelle maintenant, d'un étranger ; de quelqu'un que je ne connaissais pas, plus beau, plus jeune que je n'aurais cru. Je me souviens du profond sentiment d'admiration que j'avais éprouvé en le voyant ; d'admiration, et en même temps d'angoisse, comme on a peur de ce qui vous échappe, comme on a l'intuition soudaine, même enfant, du tragique de la vie. Est-ce que je savais la suite de l'histoire ? Et puis nous l'avions rejoint, et dès les premiers mots, gaîment échangés, j'avais oublié cette bizarre impression.

Ah, mon père, si je pouvais aujourd'hui te voir descendre d'un train, que tu me paraisses étranger ou pas, si nous pouvions seulement refaire le chemin.

Elle me plaisait ce matin, l'animation bon enfant de la gare de Quimper. Ma voiture était au parking. Il me restait plus de dix minutes avant le départ du train. J'avais tout mon temps et presque l'impression d'être en vacances. Je regardais, j'écoutais. Des familles se congratulaient, des amoureux s'embrassaient, une grosse dame courait vers le convoi depuis l'extrémité du quai, accrochée à sa valise à roulettes.

Que m'était-il arrivé pour que la vie me paraisse aujourd'hui si simple ?

Même la perspective de retrouver le triste appartement de la rue Lecourbe ne réussissait pas à m'assombrir, ni celle de reprendre mon travail le lendemain même chez Axa. Il faudrait, ai-je pensé, qu'en arrivant je téléphone à Denis : il était gentil, le message qu'il avait laissé sur mon répondeur.

Je suis montée dans le train avec une petite grappe de passagers au moment où le chef de gare avertissait d'un coup de sifflet de l'imminence du départ. Comme c'était gai tout cela.

Les voyageurs s'installaient dans un dernier frémissement d'excitation, exclamations, rires, raclements de valises qu'on range dans les casiers, glisse sous les sièges. Et puis soudain, chacun ayant trouvé sa place, tout bruit avait miraculeusement cessé : le train s'était doucement mis en marche, nous étions partis.

Il était étonnant, ce brusque, ce magnifique silence qui nous était donné, trêve si douce dans l'agitation de la vie ordinaire. Hors du temps. C'était maintenant comme un sommeil peuplé d'ombres invisibles et muettes, celles des pensées, des souvenirs et des rêves de chacun de ces voyageurs qu'un coup de baguette magique venait de frapper d'immobilité et de silence. Et cela avait, ils devaient le sentir, quelque chose de vaguement religieux. Comme un oratorio secret au sein duquel on se serait recueilli. Mais peut-être était-ce la succession de mes émotions de la semaine qui donnait pour moi à ce silence une telle grâce.

J'étais assise à côté d'un vieux monsieur à casquette, vite endormi derrière son journal. Devant moi se dressait le dossier aveugle du siège d'un passager anonyme. Dans la travée de droite, je voyais, en diagonale, se dessiner les visages de plus en plus flous à mesure de leur éloignement de personnages inconnus, assis deux par deux, presque semblables, absents, plongés pour la plupart dans la lecture d'un livre, d'un magazine, ou les paupières closes, abandonnés à eux-mêmes. À l'abri de mes cils baissés, je pouvais les regarder à leur insu, ces mystérieux compagnons de voyage. Je les aimais bien. J'aurais aimé les peindre, suggérer le monde intérieur qui habitait chacun dans son silence, son repli sur soi, sa solitude. La rumeur très douce du train, fluide, à peine perceptible, nous enveloppait les uns et les autres d'une soie invisible qui, sans que nous le sachions, si divers que nous soyons, nous réunissait.

C'est à ce moment que j'ai remarqué, au deuxième rang, côté couloir, me faisant presque face, le visage d'un jeune homme endormi. Trente ans peut-être. Très beau. De courtes mèches blondes en désordre. À un léger mouvement nerveux de son visage dans le sommeil, je reconnus mon père. Et je sus que tout était bien. Cette fois il était revenu, pour de bon. Il ne me quitterait plus.

Des larmes de joie me vinrent aux yeux.

Désormais il était là, pour moi, en moi.

Non, je ne l'avais pas oublié.

J'avais tout compris. Plus tard. Comme il m'avait demandé de le faire.

N'était-ce pas ma promesse d'enfant ?

J'ai fermé les yeux. Dans l'émotion de ce qui m'était donné là, en cet instant.

J'ai pensé avec tendresse à la maison de Bretagne qui attendait mon retour.

Maudite maison. Ma vie. Ma lumière.

Collection "1er mille"

Jérôme d'Astier,
Le Désordre, 2000 ;
Bain de minuit, 2001 ;
Dans une ville étrangère, 2016.

Nathalie Aumont,
Consolation, 2013.

Cécile Beauvoir,
Louise Lullin, 2003 ;
Le Chemisier, 2004 ;
Avec toi, 2005.

Alain Bertrand,
La Lumière des polders, 2003.

Christian Birgin,
La Mort de Pouchkine, 2000.

Rodolphe Blavy,
Le Pardon, 2015.

Sylvie Bocqui,
Une saison, 2013 ;
Ce genre de fille, 2018 ;
Paulownia, 2019.

Olivier Boura,
La Nuit du Rhône, 2001.

Nicolas Cano,
Bacalao, 2010.

Agnès Clancier,
Karina Sokolova, 2014.

Myriam Cohen-Welgryn,
La Petite Dernière, 1999 ;
Mères, 2001.

Philippe Comar,
Les Dunes d'Ambleteuse, 2004.

Geneviève Damas,
Histoire d'un bonheur, 2014.

Kéthévane Davrichewy,
Tout ira bien, 2004.

Céline Debayle,
Baudelaire et Apollonie, 2019 ;
Les Grandes Poupées, 2020.

Jean-François Deniau,
Le Bord des larmes, 2000.

Laura Desprein,
Braise, 2002.

Didier Duprat,
Dernières nouvelles des oubliés, 2004.

Blandine Fauré,
Faune et flore du dedans, 2018.

Christine Féret-Fleury,
Les vagues sont douces comme des tigres, 1999 ;
L'Évier, 2001 ;
Sept Péchés, 2003.

Maxence Fermine,
Neige, 1999 ;
Le Violon noir, 1999.

Florent Feyrabend,
Le Cocon, 2004.

Philippe Fréling,
Ceinture jaune, 2007.

Xavier Gardette,
Tocqueville à la plage, 2016.

Hélène Gestern,
Eux sur la photo, 2011 ;
La Part du feu, 2013 ;
Portrait d'après blessure, 2014 ;
L'Odeur de la forêt, 2016 ;
Un vertige, 2017 ;
L'eau qui dort, 2018 ;
Armen, 2020.

Emmanuelle Grangé,
Son absence, 2018 ;
Les Amers remarquables, 2019 ;
Les Risées du lac, 2021.

Arnaud Guillon,
Écume Palace, 2000 ;
15 août, 2002.

Béatrice Hammer,
Ce que je sais d'elle, 2006.

Jean-Paul Honoré,
Pontée, 2019 ;
Un lieu de justice, 2021.

Philippe Honoré,
L'Obligation du sentiment, 2008.

Géraldine Jeffroy,
Un été à l'Islette, 2019.

Anne Kanapitsas,
L'Odeur de la menthe, 2004.

Alexandre Kauffmann,
Mauvais numéro, 2000 ;
Le Faux-Fuyant, 2003.

Marie-Hortense Lacroix,
Comme une voix lointaine, 2005.

Didier Lahais,
Lettre à Jean, 2002.

Hélène Lanscotte,
Fringales, 2020.

Élisabeth Laureau-Daull,
Le Syndrome de glissement, 2012.

Hélène Le Chatelier,
Dernière adresse, 2009.

Pierre Le Coz,
Plein sud, 2001.

Antoine Marcel,
Carnet chinois, 2002.

Jean-François Merle,
Le Grand Écrivain, 2018.

Véronique Merlier,
L'Angle mort, 2012.

Céline Milliat-Baumgartner,
Les Bijoux de pacotille, 2015.

Marc Molk,
Pertes humaines, 2006.

Jean-Claude Mourlevat,
Je voudrais rentrer à la maison, 2002.

Karine Naouri,
Le jeu des Rois, 2000.

Éric Pelsy,
L'Été de Rico, 2003.

Christophe Perrier,
Harmonie des vents contraires, 2019.

Emmanuel Pernoud,
Le Red Boy, 2016.

Robert Pico,
Les Seins de l'Américaine, 2002.

Françoise Pirart,
La Nuit de Sala, 2006.

Jean-Marie Planes,
Le Chemin de Macau, 2017 ;
Une vie de soleil, 2019.

Emmanuel Pons,
Je viens de tuer ma femme, 2006 ;
Ma mère à l'origine, 2007.

Laure Protat,
L'Indifférent, 2014.

Flore Quaquin,
Racailles, 2003.

Anne Révah,
Manhattan, 2009 ;
Pôles magnétiques, 2012.

Michel Robert,
La Grosse Marfa, 2001.

Philip Rohr,
Vie sauvage, 2003.

Danièle Roth,
La Mouette juive, 2003.

Eliane Saliba Garillon,
Le Journal impubliable de George Pearl, 2015.

Joëlle de Sermet,
La Note rouge, 2005.

Marie Sizun,
Le Père de la petite, 2005 ;
La Femme de l'Allemand, 2007 ;
Jeux croisés, 2008 ;
Plage, 2010 ;
Un léger déplacement, 2012 ;
Un jour par la forêt, 2013 ;
La Maison-guerre, 2015 ;
La Gouvernante suédoise, 2016 ;
Vous n'avez pas vu Violette ?, 2017 ;
Les Sœurs aux yeux bleus, 2019 ;
Ne quittez pas !, 2020.

Laurence Tardieu,
Comme un père, 2002 ;
Le Jugement de Léa, 2004.

Richard Torrielli,
L'Anesthésiste, 2016 ;
La Fugue, 2021.

Frédéric Touchard,
Nu rouge, 2011.

Fabienne Valière,
Morte, 2011.

Anthony van den Bossche
Performance, 2017.

Hélène Veyssier,
Jardin d'été, 2019 ;
Comme une ombre portée, 2020.

Jean-Daniel Verhaeghe,
Le Jeu de l'absence, 2012.

Christine Vigneron,
Le Cheval de nuit, 2006 ;
Jean est là-bas, 2010 ;
Vous seriez ce garçon, 2015.

Ramy Zein,
Partage de l'infini, 2005 ;
Les Ruines du Ciel, 2008 ;
La Levée des couleurs, 2011.

ACHEVÉ D'IMPRIMER
EN JUIN 2021
SUR LES PRESSES
DE LA NOUVELLE
IMPRIMERIE LABALLERY
À CLAMECY
NIÈVRE

Numéro d'édition : 1243
Numéro d'impression : 106015
Dépôt légal : janvier 2021
Imprimé en France